एक पक्षी अकेला

रानू

www.diamondbook.in

© प्रकाशकाधीन

प्रकाशक : डायमंड पॉकेट बुक्स (प्रा.) लि.

X-30 ओखला इंडस्ट्रियल एरिया, फेज-II

नई दिल्ली : 110020

फोन   : 011-40712200

ई-मेल   : ebooks@dpb.in

वेबसाइट : www.diamondbook.in

मुद्रक   : रेप्रो इंडिया

एक पक्षी अकेला

लेखक: रानू

एक पक्षी अकेला

चूं-चूं-चूं-चूं.........चूं-चूं-चूं-चूं।

यह आवाज, केवल यही एक पक्षी चूं-चूं, झील की खामोश सतह पर दूर तक तैरकर वातावरण में डूब गई थी।

शाम की लालिमा ने क्षितिज पर अपना आंचल अभी लाया ही था कि उस पक्षी ने आज भी अपने पहुंचने की सूचना चूं-चूं करके वातावरण को दे दी। यह पक्षी आज दस-बारह दिन से निरन्तर ही आ रहा था, इसी समय झील के उस पार से, जहां केवल सफेद चट्टानें ही थीं। बिल्कुल पानी की सतह से लगाकर, मानो अपनी छाया को देखते हुए पंख फैलाए वह उड़ कर आता और एक छोटे से पत्थर पर बैठ जाता जो झील के किनारे ही टापू के समान ऊपर आया था। झील के दोनों ही ओर एक कतार में ऊंची-ऊंची चट्टानें थीं, सफेद संगमरमर-सी चट्टानें काफी दूर तक जाकर यह आपस में इस प्रकार घुल-मिल गई थीं, मानो इन्होंने झील को एक नन्ही-सी बच्ची के समान अपनी गोद में समा रखा हो।

कल्पना एक और झील के समीप ही स्थित अपनी सुन्दर बंगलेनुमा कोठी की छत पर खड़ी बहुत ध्यान से उस पक्षी को निहार रही थी, जो एक बार चूं-चूं के साथ वातावरण की खामोशी में सम्मिलित होकर झील की गहराई के समान गंभीर हो गया था। इस पक्षी का उसके जीवन से कितना गहरा संबंध है, यह पक्षी उसकी आत्मा है, उसकी बिछड़ी, बीती तथा भुलाई हुई जिन्दगी का एक जीता-जागता अफसाना है, जिसे वह किसी को भी नहीं सुना सकती।

पक्षी की चूं-चूं में कल्पना के दिल की आवाज के साथ किसी और की भी पुकार सम्मिलित है। कल्पना पक्षी की खामोशी में पिछले कुछ दिनों के समान आज फिर सम्मिलित होकर अपने अस्तित्व के बारे में सोचने पर विवश हो गई। नारी संवेदनशील

होने के पश्चात् भी कितनी असहाय है, कमजोर है। मजबूरियों के आगे घुटने टेककर वह अपना अस्तित्व भूल जाती है, दिल व दिमाग से भी व उसकी ही रहती है, जिसके पल्ले उसका दामन एक खूंटे के समान बांधा दिया जाए।

विजय को वह भूल-सी चली थी। अपने आपको प्रकाश के प्यार पर निछावर करके वह अपने भविष्य से निश्चिन्त-सी हो गई थी। प्रकाश के प्यार पर अपना सब कुछ बलि चढ़ाकर उसने एक शांति प्राप्त कर ली थी-गौरवपूर्ण शांति। परन्तु इधर पिछले कुछ दिनों से इस पक्षी को अकेला इस प्रकार खोया हुआ पाकर उसने ऐसा महसूस किया था, मानो किसी दर्द आह ने उसके मन के अंदर एक सोई हुई आत्मा को झिंझोड़ कर जगा दिया हो, हृदय में बसी खामोशी झील में एक बड़ा पत्थर मारकर हलचल-सी मचा दी थी। प्रकाश उसका देवता है-भगवान है-पति है। परन्तु अचानक ही इस पक्षी के आ जाने से वह अपने आपको अब धोखा देने में असमर्थ है क्योंकि उसे प्रकाश से प्यार है-एक ऐसा प्यार जो उसे निश्चित रूप से अपने पति से करना चाहिये।

विजय की याद से उसके मन में दर्द उठने लगा है, होंठों पर आहट टपक जाती है, पलकें भीग जाती हैं। विजय का रूप, उसके हंसने का अंदाज, देखने का, तेज बातें करने का ढंग, चलने की झूम, खड़े होने की अकड़, सब कुछ उसकी आंखों सामने एक तस्वीर के समान छा जाता। विजय का यह सब कुछ कितनी जल्दी, कितनी आसानी से साथ समाप्त हो गया, अब तो कुछ भी नहीं बचा उसके पास। विजय, काश तुमने मुझे इतना अधिक प्यार न किया होता। काश! मुझे सदा के लिए तुम्हारे चरणों का स्पर्श प्राप्त हो जाता। काश ! मैं तुम्हारी और केवल तुम्हारी होती। उसका दिल पुकार रहा था।

चूं-चूं-चूं-चूं.......चूं-चूं-चूं-चूं।

और वह अपने विचारों से जागी। उसने देखा, सदा के समान शाम ढलते ही वह पक्षी अपने स्थान पर फड़फड़ाया, पंख फैलाए, और, फीर पानी की सतह से लगता हुआ अपनी छाया को देखता दूर, उस ओर चट्टानों की गोद में खो गया, जिधर से वह आया था। कल्पना ने एक गहरी सांस ली। भीगी पलकों से उसने वातावरण पर नजर डाली तो हर

वस्तु ही भीगी दिखाई पड़ी। सूर्यास्त हो चुका था, परन्तु इसकी लालिमा से क्षितिज के साथ-साथ पूरी सफेद चट्टान तथा झील पूर्णतया प्रभावित थीं। परन्तु हर वस्तु उदास थी- गंभीर, निष्प्राण बिल्कुल उसके दिल के समान।

सहसा उसने नीचे कमरे में पप्पी की आवाज सुनी, तो सीढ़ियां उतर कर उसके पास पहुंची। उसको छाती से लगाकर वह चूमने लगी। ऐसा वह तभी किया करती थी, जब कभी विजय की याद एक जहरीला कांटा बनकर उसके दिल में नासूर के समान चुभने लगती थी। तीन वर्ष की नन्ही-सी पप्पी अपनी मां की आंखों में आंसुओं को देखकर कुछ न समझते हुए भी रो पड़ी। कल्पना पप्पी के अंगों को इस प्रकार प्यार करती मानो वह पप्पी नहीं विजय है, जिसका स्पर्श वह प्राप्त कर रही हो। आखिर पप्पी में उसी का तो रक्त है। विजय के समान ही आंखें, वैसे ही होंठ, वैसी ही मुस्कान, कुछ तो उसमें विजय के समान है।

काफी देर बाद प्रकाश की जीप जब चहारदीवारी में प्रविष्ट हुई तो वह बरामदे में निकल आई। प्रकाश उसका पति एक फारेस्ट ऑफिसर, सुन्दर हट्टा-कट्टा, परन्तु दिल का अत्यन्त दयालु, कल्पना को दिल व जान से चाहता है हर उस पुरुष के समान, जिसे एक सुन्दर पत्नी रखने का गौरव प्राप्त हो। प्रकाश को देखकर उसने मुस्कराने का प्रयत्न किया। जीप से उतर कर बरामदे में पहुंचते ही उसने कल्पना को कमर से थाम लिया। उसी प्रकार अपने आप से सटाता हुआ वह कमरे में प्रविष्ट हुआ।

'आज फिर देर हो गई....।' फिर वह बोला, 'क्या करूं, यहां जंगल में एक शिकार पार्टी आई हुई है, उसमें काफी परिचित लोग परिचित लोग भी हैं। मैंने इन सब लोगों को भी पप्पी के जन्म-दिवस पर बुला लिया है। पूर्णमासी के अब दिन ही कितने रह गये हैं। शहर के बाकी लोगों को मिलाकर अब तो अच्छी-खासी पार्टी हो जाएगी, जंगल में मंगल और मंगल में दो कार्य-फुलमून पर पप्पी का जन्म-दिवस और जन्म-दिवस पर हमारी फुलमून-मेरा मतलब...। प्रकाश ने शरारत से कल्पना को देखा, 'मेरा मतलब हनीमू...न।'

जाने क्यों कल्पना मुस्करा नहीं सकी। प्रकाश कोट उतार रहा था उसने पीछे से सहारा दिया। कोट थामकर वह कबर्ड में रखने लगी।

'पप्पी सो गई?' प्रकाश ने पैंट का बैल्ट खोलते हुए पूछा।

'काफी देर आपकी प्रतीक्षा की।' कल्पना बोली, 'अभी-अभी सोई है।'

प्रकाश मुंह-हाथ धोने लगा और कल्पना खाना लगाने में व्यस्त हो गई।

खाने के मध्य प्रकाश ने देखा, कल्पना आज फिर उदास है, खोई हुई है। यह खोयापन आरंभ में तो वह कल्पना के मुखड़े पर निरन्तर ही देखने का अभ्यस्त था, परन्तु इधर कुछ दिनों पहले अचानक ही कल्पना का मन जीतकर उसे विश्वास हो गया था कि कल्पना अपनी पिछली सारी ही बातें भूलकर उसकी प्रसन्नता बन जाने के लिए मुस्कराती रहेगी। लेकिन इस समय, यह गंभीरता कैसी? शायद ऐसा ही उदास मुखड़ा उसने कल भी देखा था, शायद परसों भी। कल्पना को उदास देखकर उसका मन तड़प उठता। उसकी मुस्कुराहट ही उसकी प्रसन्नता थी कल्पना उसकी आत्मा है-उसे दिल व जान से प्यार करने में वह अपना गौरव समझता था। उसकी उंगलियों में कौर बनते-बनते रुक गया। कल्पना ने अब तक एक भी कौर मुंह में नहीं डाला था। अपनी उंगली में वह रोटी का टुकड़ा मसल रही थी-बहुत खामोशी के साथ, सिर झुकाए हुए।

'कल्पना....।' प्रकाश से सहन नहीं हो सका, तो बोला, 'आज तुम फिर उदास हो।'

'ऐसी कोई बात नहीं।' कल्पना ने अपने मन को संभाला, 'मैं तो...।'

'मैं जानता हूं कल्पना, तुम्हारे दिल का घाव, तुम्हारे दिल का नासूर इतनी आसानी से नहीं अच्छा होगा, जब तक कि इसका पूरा-पूरा इलाज न किया जाए।' प्रकाश उठकर कल्पना के पीछे आ खड़ा हुआ। उसके कंधे पर हाथ रखकर बोला, अब जबकि तुमने अपना सब कुछ मेरे भरोसे छोड़ दिया है तो फिर विश्वास करो मैं इस घाव को इस प्रकार भर दूंगा कि इसका दाग भी नहीं बचेगा। मैं खुश हूं कि तुम मुझे प्यार करने लगी हो। मैं

भी तुम्हें चाहता हूं-इतना अधिक कि तुम सोच भी नहीं सकतीं। तीन वर्ष पहले हमारा विवाह हुआ था, केवल दूसरों को संतोष देने के लिए, परन्तु इस विवाह का प्रभाव हम पर केवल कुछ दिन पहले ही पड़ा है। मैं तुम्हारा आभारी हूं कि तुमने अपने आपको मेरे अधिकार में दे दिया। मैं उस शुभ घड़ी की, पप्पी के जन्म-दिवस की, बहुत बेचैनी से प्रतीक्षा कर रहा हूं। उसके बाद मैं तुम्हें बहुत दूर-दूर भ्रमण के लिए ले जाऊंगा, ताकि पिछले जीवन की एक बात तुम्हें याद न आए। इंसान को साहस नहीं हारना चाहिये। जीवित हो तो खुश रहो, खुश रहोगी, तो स्वास्थ्य ठीक रहेगा और जिसके पास स्वास्थ्य है उसे संसार का कोई गम नहीं सताता।

कल्पना कुछ न बोली, परन्तु प्रकाश की सहानुभूति उसका असीमित प्यार पाकर उसके दिल में एक टीस उठी। उसने व्यर्थ ही प्रकाश का दिल दुखाया, परन्तु वह दिल जाने क्यों कठोर है, जो बार-बार तड़पकर उसे बेचैन किये हुए था। मन को शांत करने के लिए वह अपने होंठ काटते हुए रोटी का टुकड़ा उंगलियों से मसलने लगी।

प्रकाश ने एक कुर्सी खींची और कल्पना के समीप बैठ गया। उसका मुखड़ा अपनी ओर किया और गाल पर हथेली रख दी। प्यास से उसकी आंखों में झांका, जहां चांदनी में झील की पानी झिलमिला रहा था।

'मैं तुम्हारा दर्द समझता हूं कल्पना....।' प्रकाश का स्वर अत्यन्त गंभीर हो गया, जानता हूं कि तुम्हारे जीवन पर पिछली यादों का एक भयानक निशान है, परन्तु फिर भी मैं तुम्हारी आंखों में आंसू नहीं देखना चाहता। तुम्हें उदास देखता हूं, तो दिलफट जाता है। इन आंसुओं का पोंछ डालो। प्रकाश ने स्वयं ही उसकी भीगी पलकें पोंछी, 'पप्पी की खातिर मुस्कुराओ, अपना न सही उसके जीवन का महत्व समझो। लो, खाना खाओ।' प्रकाश ने अपने हाथ से ही कौर बनाकर उसके होंठों के बीच रख दिया।

कल्पना इन्कार न कर सकी। पतले होंठों के हल्के-हल्के दबाकर कौर चबाने लगी। प्रकाश ने बहुत प्यार से अपने हाथों से छोटे-छोटे कौर बनाकर उसको भोजन कराया,

नैपकिन द्वारा उसका मुंह पोंछा, फिर गालों को हल्के से थपथपाते हुए उसे साथ में खड़ा किया। कल्पना बैडरूम में पहुंची। पप्पी प्रकाश के पतंग पर बहुत निश्चिन्त होकर सो रही थी।

सामने एक बड़ी-सी खिड़की थी। शीशे पर से पर्दा सरका हुआ था, इसलिए बाहर की चांदनी सफेद चट्टानों पर सुनहरी होकर पूरे वातावरण का प्रभावित किए थी। झनक अन्दर तक जा रही थी। ऐसा प्रकट हो रहा था मानो प्रकृति ने भरपूर चांदनी का सहारा लेकर ही इस सुन्दर इलाके का निर्माण किया था। ऐसे सुन्दर तथा चिकने बेदाग संगमरमर शायद ही देश के किसी कोने में हो। शायद इसलिए सरकारी आज्ञानुसार इसे तोड़कर उपयोग में लाने पर सख्त प्रतिबंध लगा है।'

'कितना सुन्दर दृश्य है।' प्रकाश ने एक गहरी सांस लेकर कहा और कल्पना की कमर में हाथ डाल दिए।

'हां।' कल्पना ने मुस्कराते हुए कहा, ' आपकी शरण में आकर मैंने कई बार इसे देखा है, परन्तु फिर भी मन नहीं भरता।'

'मैंने तो इसे केवल उसी दिन से इतना सुन्दर प्रतीत किया है, जिस दिन तुमने मुझे एक वचन देकर जीवन की वास्तविक प्रसन्नता से परिचित कराया।' प्रकाश ने उसकी आंखों में झांककर कहा, 'इससे पहले तो मैंने कभी इस ओर ध्यान ही नहीं दिया था।'

कल्पना लजा गई। लाज के कारण उसका दिल एक अज्ञात खुशी से भर गया, जिसे उसने छिपाना जरा भी स्वीकार नहीं किया। प्रकाश आखिर एक मनुष्य है। उसकी छाती में भी धड़कता हुआ दिल है, ऐसा दिल जो कुछ चाहता नहीं, मांगता नहीं, केवल उसे प्यार करता है, उसकी खुशियों की भेंट चढ़ जाना चाहता है। अपनी याद में डूबकर उसे दुःखी करना उचित नहीं था। वह तो देवता है, जिसने अपने प्यार के पीछे कोई स्वार्थ ही नहीं रखा था आरंभ से ही ऐसी बात थी जब से कल्पना अचानक ही उसकी शरण में भटकती हुई लहर के समान आ पहुंची थी।

***

कभी कल्पना विजय से सख्त घृणा करती थी, परन्तु एक दिन विजय उसके जीवन में हवा के एक तेज झोंके के समान प्रविष्ट हुआ, उस झोंके के सामान जिससे यदि फूल समझौता करके दबाव पर झुक न जाए, तो उसकी टहनी टूट जाती है। फिर उसका जीवन व्यर्थ हो जाता है। पत्तियां बिखर जाती हैं, खाक में मिल जाती हैं। तब वह कॉलेज में पढ़ती थी, उसी के साथ। विजय को उसने अपने पिता के पास भेजा था। पिता से मालूम हुआ था कि वह उनसे मिला भी था। उसके पिता ने उसे पसन्द भी कर लिया था। परन्तु फिर उसके बाद वह कभी लौटकर नहीं आया। कॉलेज भी छोड़ दिया था। कल्पना ने उसे कई बार पत्र भी लिखा परन्तु उसने कभी उत्तर नहीं दिया। उसे विश्वास था कि विजय उसे चाहता है, उसके एक इशारे पर अपनी जान भी दे सकता है, परन्तु जब विजय से उसे निराशा मिली, तो उसका दिल टूट गया था। और तब, कुछ दिन बाद, पिताजी के अनुरोध पर उसने अपने आपको विनोद के दामन से बंध जाने की अनुमति दे दी थी। विनोद कल्पना के पिता के दोस्त का लड़का था। सुन्दर, चौड़ा, अत्यन्त चुस्त, अत्यन्त लापरवाह खतरों से खेलना तो उसका एक शौक था। यही कारण था कि उसने मिलिटरी अफसर बनते ही एक अच्छा पद प्राप्त कर लिया था। परन्तु शायद कल्पना की प्रसन्नता पर किसी टूटे दिल की आह बिजली बनकर गिरी थी। जिस दिन उसकी डोली ससुराल पहुंची, उसी दिन उसके जीवन में एक बहुत बड़ा तूफान आया। अभी सुहागरात ने अपनी घनी घनेरी लटें खोलकर वातावरण में इत्र घोला भी नहीं था कि विनोद को एक टेलीग्राम मिला। चीन ने अचानक ही भारत से विश्वासघात करके देश की स्वतन्त्रता खतरे में डाल दी थी। एक जिम्मेदार अफसर होने के नाते उसे तुरन्त ही फ्रण्ट पर पहुंचना था।

'कल्पना...।' ठुड्डी द्वारा उसके मुखड़े को उठाकर प्यार से आंखों में आशा और निराशा का भाव लिए विनोद ने कहा था, देश का भार संभालने के अतिरिक्त इस संसार में कोई भी कारण मेरे सामने होता, तो मैं इस महत्वपूर्ण रात को यूं कदापि न गंवाता। विनोद ने उसकी पलकें चूमीं, तो उसके होंठ भीग गये। कल्पना की आंखों से आंसू निकलकर गाल पर ढुलक आए थे। विनोद ने उसके गाल का चुम्बन लिया, होंठ चूमे और

फिर जैसे कि स्वयं को ही सान्त्वना देता बोला, 'तुम बहुत सुन्दर हो, बहुत अधिक, तुम्हारी यह मोहनी सूरत मैं हर पल अपनी आंखों में बसाए रखूंगा। मेरी प्रतीक्षा करना। वैसे यदि वीरगति को प्राप्त हो जाऊं, तो हर वर्ष राजगढ़ जाकर अष्टदेवी के चरणों में कुछ पुष्प अवश्य अर्पण कर दिया करना। मेरी आत्मा को शांति मिल जाएगी उन पर मेरा सर्वाधिक विश्वास है।

कल्पना विनोद की छाती लिपट कर रो पड़ी थी। भगवान ने उसके साथ ऐसा अन्याय क्यों किया? क्यों किया?

और फिर कुछ ही दिन बाद उसे उसे टेलीग्राम मिला-विनोद देश की रक्षा करते हुए वीरगति को प्राप्त हो गया। उसकी मांग का सिंदूर उजड़ गया, आह उसके होंठों पर सदा के लिए अंकित हो गई। उसकी आंखों के चारों ओर गढ़े पड़कर दरिया बन गए। अपने बालों को उसने नोंच डाला और फूट-फूटकर रो पड़ी। कुछ दिन बाद वह अपने घर पर चली आई, अपने पिता के घर, जंगल में। उसका जीवन व्यर्थ होकर स्वयं भी एक जंगल के समान रसहीन था। कब तक सास-ससुर के व्यंगात्मक तथा कटु शब्दों को सहन करती? सब तो उसी के भाग्य को दोषी ठहरा रहे थे। उस घर में पैर क्या रखा कि उनके बेटे को खा गई। सब अपने ही दिल का मरहम ढूंढते हैं। कभी उसकी छाती में भी तो झांककर देखते, और तब मालूम होता कि उसके दिल का घाव तो सबसे अधिक गहरा है।

***

एक वर्ष बीत गया। वह अष्टदेवी के मंदिर गई। कुछ पुष्प देवी के चरणों में भेंट करते हुए उसने अपने पति की आत्मा की शांति के लिए प्रार्थना की। फिर वह दूसरे साल भी इसी प्रकार मंदिर गई और फिर तीसरे वर्ष भी। साथ में एक नौकर ले गई थी। जब पुष्प चढ़ाकर सीढ़ियां उतर रही थी, अचानक की नीचे कुछ दूरी पर एक छाया देखकर उसका दिल बहुत जोर से धड़का। पग लड़खड़ाते-लड़खड़ाते बचे। उसने ध्यान से देखा, नदी

किनारे एक पत्थर पर बिल्कुल दीवानों के समान एक जानी-पहचानी छाया बैठी है। लपककर वह नीचे उतरी। सड़क पर आई, फिर इसे पार करती हुई नदी की ओर बढ़ गई। ऊबड़-खाबड़ पथरीली जमीन, फिर भी लगभग दौड़-दौड़ सी जाती थी। उस छाया के समीप जाकर वह ठहर गई। बहुत आहिस्ता से, जैसे उसको भली भांति पहचानकर दिल को पूरा संतोष देना चाहती हो। वह छाया नदी की खामोश गहराई में डूबी, जाने क्या सोच रही थी।

'विजय...।' कल्पना ने उसके बिल्कुल समीप पहुंचकर बहुत धीमे स्वर में पुकारा।

और विजय ने अपनी गर्दन घुमाई, इस प्रकार जैसे उसे अपने कानों पर विश्वास ही नहीं हुआ हो। मगर तभी वह चौंक पड़ा।

'कल्पना...।' उसने जैसे आह भरते हुए निहारा।

कल्पना की मांग सूनी थी, होंठ सूखे, गाल कुछ धंसे-धंसे, आंखों के चारों ओर अंधकार था। सफेद साड़ी में वह किसी विधवा का एक प्रतिरूप दिखाई पड़ रही थी।

'कल्पना...।' विजय ने फिर कहा और उसके निकट चला आया। कल्पना इस कदर बदल चुकी थी। उसका दिल भर आया।

कल्पना ने उसे यूं देखा, जैसे कोई शिकायत कर रही हो।

आंखों में आंसू, होंठों पर कम्पन, शरीर एक लावारिस लाश के समान कभी भी चिता की भेंट चढ़ सकता था।

'कैसी हो?' विजय ने जैसे बात करने का बहाना ढूंढ कर अपनी कोई चोरी छिपाने का प्रयत्न किया।

'जिन्दा हूं....।' वह केवल इतना ही कह सकी। उसके होंठों से मानो एक आह निकल गई।

'सुना था कि तुम्हारा विवाह हो चुका है।' विजय ने सूनी मांग पर दृष्टि गड़ाते हुए पूछा।

कल्पना मुंह से कुछ कह सकी। परन्तु आंखों में छिपे आंसू गालों पर ढुलक गए। उसने अपनी पलकें झुका लीं।

विजय घबराकर इधर उधर दिखने लगा। परन्तु वे दूसरों की दृष्टि से बहुत हटकर खड़े थे।

'यहां कैसे आना हुआ?' विजय ने दूसरी बात का मोड़ पकड़ा, इस प्रकार जैसे अपने साथ वह कल्पना का दिल भी बहलाना चाहता हो।

'अष्टदेवी के चरणों में फूल चढ़ाने आई थी।' उसने अपने को संभाल कर कहा।

'फूल चढ़ाने! क्यों? उसने धड़कते दिल से पूछा।

'अपने पति की आत्मा की शांति के लिए....। कल्पना की आंखों से फिर से आंसू जारी हो गए।

'कल्पना...।' विजय के दिल पर जैसे किसी ने हथौड़ा मार दिया हो। कल्पना को वह बांहों में थामते-थामते रह गया। कल्पना! और विधवा! इतनी छोटी आयु में। वह विश्वास ही नहीं करना चाहता था। प्रकृति ने उसके साथ कितना बड़ा अन्याय किया। उसके प्रति उसका मन करुणा से भर गया। अब वह पहली जैसी कल्पना जरा भी नहीं रही। यह तो एक लाश है जिसके शरीर के अन्दर दुःख और दर्द को कूट कूटकर भर दिया गया है। विजय की आंखें छलक आईं। कल्पना को वह देखता ही रह गया।

'विजय....।' कुछ पल बाद कल्पना ने बहुत कठिनाई से कहा, 'तुमने मुझे क्यों छोड़ दिया? आखिर मेरा क्या दोष था, जो तुम्हारे चरणों में कभी भी जगह नहीं मिल सकी? पिताजी मेरे इरादे से सहमत नहीं हुए कि मैं तुम्हारी प्रतीक्षा करूं। तुम्हारा तो विवाह हो

गया था न और इसीलिए...इसीलिए...।' कल्पना सिसक पड़ी। सिसक-सिसक कर उसने विजय के आगे अपनी सारी बीती कर डाली।

विजय के दिल पर अंगारे लोट गए। उसे ऐसा प्रतीत हुआ मानो कल्पना के सारे दुःखों का उत्तरदायी कोई और नहीं, वह स्वयं ही है। उसने साहस बटोरकर उसका दिल साफ कर देना ही उचित समझा। किसी बात को अंधकार में रखकर दिल को झूठी शांति देने से क्या लाभ?

'कल्पना ....।' उसकी आंखों में झांककर बहुत आशा के साथ पूछा, 'कभी मेरी याद आती है?'

'विजय...।' कल्पना का गला भर आया। बोली, तुम तो मेरी एक-एक सांस में हो। मरते समय भी मेरे होंठों पर केवल तुम्हारा ही नाम रहेगा।

''एक वास्तविकता प्रकट करूं, बुरा तो नहीं मानोगी?' विजय ने बहुत नपे-तुले शब्दों में पूछा।

'अपनी जान देकर भी नहीं।'

'तुमने निश्चय ही मुझे धोखेबाज समझा होगा।' विजय ने एक गहरी सांस ली, 'परन्तु ऐसी बात नहीं है कल्पना, ऐसी बात जरा भी नहीं थी। जिस दिन तुम्हारे भेजने पर मैं तुम्हारे घर गया था उस दिन बातों ही बातों में पता चला था कि तुम्हारी मां जी जमींदारी युग में उस पशु की वासना का शिकार होकर कुचल दी गई थीं, जिसका बेटा मैं हूं। तुम्हे जन्म देने के पश्चात् भी मेरे जालिम पिता ने उन पर दया नहीं की थी।

'विजय..।' कल्पना की चीख ही निकल गई।

'मैं ठीक कह रहा हूं कल्पना...।' विजय ने बात जारी रखी, 'और जब तुम्हारे पिता ने मुझे बताया कि वह अब तक केवल इसीलिए जीवित हैं और तुम्हारी शादी जल्द से जल्द केवल इसीलिए कर देना चाहते हैं, ताकि वह अपने शत्रु से बदला ले सकें। अब

तुम्हीं बताओ कल्पना, ऐसी अवस्था में मैं किस प्रकार अपनी वास्तविकता उन पर प्रकट कर सकता था। बात इतनी बढ़ती कि मुझे मार कर वह फांसी के तख्ते पर पहुंच जाते। फिर कल्पना तुम्हारा क्या बनता? अदालत तुम्हारे और हमारे खानदान के इतिहास का एक-एक शब्द दुहराकर संसार के समक्ष तुम्हें आंख भी उठाने का अवसर नहीं देती। तुम्हारा भविष्य बर्बाद हो जाता। बस, केवल इसीलिए मैंने तो अपना घर भी त्याग दिया है और आज इस प्रकार दर-दर भटक कर अपने खानदान के पापों का प्रायश्चित करने का मार्ग ढूंढ लेना चाहता हूं।'

कल्पना एक पल के लिए स्तब्ध रह गई। फटी-फटी आंखों से उसने विजय को देखा। वास्तव में वह किस कदर निढाल, जीवन से थका-हारा और निराश प्रकट हो रहा था। बाल उलझे, दाढ़ी बढ़ी हुई, मानो अब सहानुभूति का झोंक पाकर अब और तब बरस जाने को बेचैन थे। होंठ सूखे मानो वर्षों से एक मुस्कान भी नहीं देखी हो। उसके कपड़े गंदे थे, फटे भी थे। जूते पर मानो कभी पालिश तक नहीं की गई थी। विजय के प्रति उसका दिल तड़प उठा। अपने तथा विजय के अंधकार भरे जीवन में उसने बहुत दूर एक शांति की चमक देखी, तो हाथ बढ़ाकर विजय की कलाई थाम ली।

'विजय, वह बोली, 'यदि सब कुछ ठीक हो जाए तो मुझसे विवाह करोगे?'

और उत्तर में विजय ने कल्पना को अपनी ओर खींच लिया। उसे पूरी ताकत से अपनी बाहों में समेट लिया।

'मैं पिताजी से सारी बातें कर लूंगी।' कुछ पलों बाद कल्पना ने कहा, 'मुझे विश्वास है कि वह मेरी अवस्था देखते हुए तुम्हारी वास्तविकता ज्ञात करने के बाद भी तुम्हें मेरे लिए स्वीकार कर लेंगे। वह अब भी तुम्हें बहुत याद करते हैं। कहते हैं अवश्य ही ऐसा कोई कारण होगा, जिसने तुम्हें नहीं आने दिया। अपने मुंह से मैंने तुम्हारे लिए इसलिए बात नहीं की, क्योंकि मुझे विश्वास था तुम मुझे धोखा दे चुके हो।'

'अब तो ऐसा विश्वास नहीं है ना?' विजय ने मुस्कराने का प्रयत्न किया।

कल्पना ने देखा, मुस्कराने से विजय के मुखड़े पर इतनी से देर में लाली सी दौड़ गई है, उसकी आंखों की चमक बढ़ गई है। उसके खड़े होने के अंदाज में फिर एक तनाव उत्पन्न हो गया है। उत्तर में वह भी मुस्करा दी, तो आस-पास नदी के किनारे फुदकते पक्षी मानो चहक उठे थे।

कल्पना उसे अपने घर ले गई, अपने पिता के घर। ठेकेदार चमनलाल ने विजय को देखा, तो भौचक्के रह गये। विजय ने उनके चरण छूकर वास्तविकता बतानी चाही, तो कल्पना ने इशारे से मना कर दिया। बाद में उसने राय दी कि वह कुछ दिन तक उनके साथ रहकर उनका हाथ बंटाता रहे। दिन-रात उनकी हां में हां मिलाकर पहले उनका मन जीत लो, इस प्रकार वह उसके बिना अपना और अपनी बेटी का संतोष अधूरा समझने लगे। फिर इस राज को प्रकट करके उनके खानदानों के बीच पड़ी शत्रुता पर विजय पाने में आसानी हो सकेगी।

कुछ दिन बीत गये। विजय ने वास्तव में चमनलाल का मन जीत लिया था। विजय ने बिना उन्हें अपना हर काम अधूरा प्रतीत होता। उसे सोच में डूबा देखते ते चिन्तित हो उठते। उसके कहकहों में वह अपनी खुशी महसूस करते और अपनी खुशी से अधिक कल्पना की। उनका अपना दामाद मानो दूसरा जन्म लेकर लौट आया था इसीलिए उन्होंने उसे अपनी कोठी में एक ओर स्थित अतिथि गृह में शरण देते हुए पूरी स्वतन्त्रता दे रखी थी कि वह कल्पना के साथ जहां चाहे जा सकता है। कल्पना और विजय आपस में इस प्रकार घुल-मिल गए थे, जैसे उनमें कोई भेद-भाव नहीं रह गया हो। जंगल में दूर तक वे यूं घूमते, उछलते-कूदते इस प्रकार निकल जाने मानो उनका बचपन, कालेज के वे सुन्दर दिन फिर लौट आये हों। ठेकेदार चमनलाल इस बात को देखते, महसूस करते और जब वे दोनों कभी-कभी काफी रात गए वापस लौटते, तो वह सोचते कि अब इनका विवाह कर ही देना चाहिये। कल्पना को उसका उचित संसार मिल चुका है।

ऐसी ही एक शाम थी जब कोठी लौटते समय विजय और कल्पना अचानक ही एक जोरदार वर्षा में फंस गए। समीप ही आदिवासियों की एक छोटी-सी बस्ती थी, जिसमें रहने वाले लगभग सभी लोग ठेकेदार के कारखाने में काम करते थे। उन्हें यहीं आकर शरण लेनी पड़ी। वर्षा की दीवार इतनी मोटी थी कि उन्हें इस बात का पता नहीं चला कि कब रात हो गई। बादल गरजते रहे थे, बिजली चमकती रही और अंधकार जब और घना हो गया कोठी तक पहुंचने का रास्ता भयानक सा हो गया, तो उन्हें सारी राम एक ही कमरे में गुजारनी पड़ी। एक बूढ़े आदिवासी ने एक कम्बल के साथ उन्हें अपने छोटे से कमरे में अलग जगह दे दी थी। ऐसा लगता था मानो इस भयानक रात की यह वर्षा कभी न रुकेगी, तूफान कभी न थमेगा। परन्तु फिर भी यह रात लम्बी होने के पश्चात् छोटी हो गई थी, भयानक होते हुए भी अत्यन्त सुन्दर थी, ठंडी होते हुए भी गर्म थी। उस रात, उस सारी रात कल्पना विजय की धड़कन बनी उसकी छाती से लगी रही, छाती में सिमटती ही गई थी, सिमटती ही गई-और विजय एक अज्ञात आकर्षण की ओर खिंचता कल्पना को अपने में समेटता ही चला गया था।

उस रात कल्पना एक हकीकत बन गई-विजय के दिल की हकीकत। कल्पना अंधकार का सहारा पाकर सदा ही हकीकत बन जाती है, यदि इस पर कोई गहराई के साथ विचार करे।

सूर्य की पहली किरण के साथ विजय ने अपनी आंख खोली। कल्पना पर दृष्टि डाली। वह उसी प्रकार उसकी छाती से लगी गहरी-गहरी सांसों के साथ निद्रा में डूबी हुई थी। उसने हल्के से उसकी बांह अलग की। उसकी बिखरी लटों पर हाथ फेरा। उसका आंचल ठीक किया। फिर एक ओर पड़े कम्बल को बहुत धीमे से उसके शरीर पर डालते हुए उसका निखरा हुआ रूप देखने लगा। कल्पना की सुन्दरता शायद आज अपनी चरम सीमा पर थी। वह सुन्दरता अब उसकी है, उसकी अपनी। इस सुन्दरता पर उसने अपने प्यार की अमिट मुहर लगा, दी है। कल्पना को उससे अब कोई नहीं छीन सकता-कोई भी नहीं। उसने झुककर उसकी पलकों को चूम लिया।

कल्पना की आंखों के पपोटे कांपे-तितली के मानो पंख फड़फड़ा गए। लापरवाही से उसने अंगड़ाई ली। होंठों पर बहुत ही मीठी मुस्कान उभरी। शायद वह कोई बहुत ही सुन्दर सपना देख रही थी। अपनी आंखों को खोलकर उसने यूं देखा, मानो अपने सपने की हकीकत देख रही हो। परन्तु तभी आंखों में विजय की छाया पड़ते ही वह कांप गई। गंभीर होकर उसने उठना चाहा, तो शरीर पीड़ा से सुस्त प्रतीत हुआ।

'कल्पना।' विजय ने उसकी स्थिति का ज्ञान करते ही कहा, 'हम आज ही तुम्हारे पिता से सारी सच्चाई का वर्णन कर देंगे। अब हमारे विवाह में जरा भी देर नहीं हानी चाहिये।'

और कल्पना गंभीर होने के पश्चात् भी मुस्करा दी।

'कल्पना।' विजय उसके गले में अपनी बांहें डालते हुए बोला 'मनुष्य प्रयत्न करने के पश्चात् भी उन बातों पर काबू नहीं कर पाता, जो उसके अधीन हैं। यह मनुष्य की कमजोरी ही तो है। शायद हम भी इस कड़ी परीक्षा में असफल प्रमाणित हुए हैं। मगर खैर, हमारा विवाह होते ही यह पाप, पाप नहीं रह जायेगा। काश! इस घड़ी को तुरन्त ही पवित्र बनाने के लिए मेरे पास कोई भी उपहार होता!'

कल्पना ने विजय को देखा। एक पल उसकी बातों का मतलब निकाला, फिर मुस्करा उठी। झट अपनी उंगली उसने एक हीरे की अंगूठी उतारी और विजय की छोटी उंगली में पहना दी।

'विजय।' वह बोली, 'तुम मुझे कुछ दो या मैं तुम्हें दूं, कोई अंतर नही पड़ता। इसे बहुत संभालकर रखना। यह हमारी आज की घड़ी की एक पवित्र निशानी रहेगी।'

'विवाह के बाद तो तुम्हें ही इसे संभालकर रखना पड़ेगा।' विजय ने अंगूठी चूम ली। उसकी बातों में कितनी आशा थी-इस आशा पर उसे कितना विश्वास था। जल्द ही वे एक दूसरे के हो जायेंगे। परिस्थिति ही ऐसी उत्पन्न हो गई है।

कल्पना उसकी छाती में समा गई।

कुछ ही घंटों के अंदर जब कल्पना और विजय कोठी पहुंचे, तो ठेकेदार चमनलाल बाहरी गेट पर ही मिल गये। कंधे पर बंदूक और चेहरे पर तनाव था, परन्तु फिर भी आंखों में वह चमक नहीं थी, जो कुछ दिनों पहले खोकर लौट आई थी। उनकी आंखों में गहरा अंधकार था, जिसे वह छिपाने का प्रयत्न कर रहे थे, वह कहीं जाने वाले थे, शायद उन्हीं दोनों को ढूंढने की लिए।

'विजय।' उन्होंने सख्ती प्रकट करते हुए कहा, 'तुम जानते हो मैं उस मनुष्य को कभी क्षमा नहीं कर सकता, जो दूसरों की बहू-बेटियों के अपमान का कारण बने। तुम यहां से चले जाओ, तुरन्त ही।'

'जी?' विजय हक्का-बक्का रह गया। उसने तो सोचा भी नहीं था कि चमनलाल उससे इस प्रकार का व्यवहार करेंगे।

'पिताजी।' कल्पना ने बीच में आकर आश्चर्य से कहना चाहा।

'तुम चुप रहो।' उन्होंने उसे आशा के विपरीत डांट दिया, 'तुम अन्दर जाकर ससुराल चलने की तैयारी करो।'

विजय ने आश्चर्य से उन्हें देखा।

'पिताजी।' कल्पना मानो छटपटा कर बोली। उसकी समझ नहीं आया कि यह सब क्या होने वाला है।

'विनोद जीवित है बेटी, विनोद जीवित है।' उन्होंने सख्ती से कहा, परन्तु जाने क्यों ऐसा कहते समय उन्होंने कोई प्रसन्नता नहीं महसूस की वरन् आंखें भीग गई तो उन्होंने विजय की ओर से इसे छिपा लेने के लिए अपना मुखड़ा दूसरी ओर फेर लिया, 'उसका तार आया है कि वह घर पहुंच रहा है। शत्रुओं ने उसे कैद कर रखा था, जिसके कारण वह मुर्दा समझ लिया गया था। वह वहां से भाग निकलने में सफल हो गया है। अपने देश

पहुंचने के बाद ही उसने यह सूचना भेजी है। यह देखो-।' उन्होंने जेब से लिफाफा निकाला, 'उसने पूरा वर्णन इसी तार में कर दिया है।'

कल्पना को सांप सूंघ गया। उसका दिल हंस नहीं सका, रो भी नहीं सका। वह समझ न सकी उसको किसके पक्ष में क्या करना चाहिये। यह सूचना उसे यदि कुछ दिन पहले मिलती, तो वह खुशी से आकाश सिर पर उठा लेती, घर के कोने-कोने में घी के दीये जलाती, गरीबों को खाना खिलाती, अष्टदेवी के चरणों में फूलों का पूरा बाग चढ़ा देती, परन्तु अब? अब वह क्या करे? क्या करे? उसके दिल में एक तीव्र दर्द उठा। उसने विजय को देखा। आंखों में आंसू होने के पश्चात् भी वह मुस्करा दिया। ऐसी मुस्कराहट, ऐसी कटु मुस्कान उसने कभी नहीं देखी थी, विजय मानो अपने भाग्य के साथ उसके भाग्य की भी हंसी उड़ा रहा था, कल्पना की आंखें छलक आईं। नारी और वह भी एक हिन्दू नारी- उसका तो एक ही पति होता है, पति के चरणों में ही पूरा स्वर्ग होता है। सात फेरों के बंधन में पड़कर उसको एक ही बिन्दु पर अपने विचारों को केन्द्रित पर लेना पड़ता है, चाहे इसका मूल्य कुछ भी हो। कोई भी कारण हो, परन्तु ऐसे बंधन से एक हिन्दू नारी कभी मुक्त नहीं हो सकती-कभी नहीं। दिल की कोई कीमत नहीं-दिल समाज के बंधनों का मोहताज है, दिल जो किसी की भी परवाह नहीं करता हर उस परिस्थिति के आगे झुक जाता है, जहां समाज है, समाज की पुकार है।

विजय को अब मालूम हुआ कि ठेकेदार चमनलाल अचानक ही क्यों उसके विरुद्ध हो गये, जबकि आरंभ से वह उसके पक्ष में थे। कल्पना सुहागन है। उसका पति जीवित है। उसका अपना स्वर्ग है, बिल्कुल अलग थलग। पति होते हुए एक पराये पुरुष पर आंख उठाना भारतीय नारी के लिए सबसे बड़ा पाप है, कल्पना! उसके होंठों से एक आह निकली। उसका प्यार, उसका जीवन, उसका भविष्य, प्रसन्नता की आशा पर एक कल्पना बनकर रह गया। आंसुओं से उसके गाल तर हो गये, तो सिर झुकाकर वह चुपचाप गीली और दलदली सड़क पर हो लिया। पेड़ों के झुण्ड में वह शीघ्र ही गुम हो गया, तो कल्पना फूट-फूटकर रो पड़ी। नारी? नारी का अस्तित्व? नारी क्या है? समाज की बेड़ी, समाज का

शिकार, मजबूरियों की एक हकीकत, जुल्म व सितम की पुतली? नारी सीता भी थी, जो अपने पति की स्वार्थपूर्ण इच्छाओं की भेंट चढ़ गई; नारी मरियम भी थी, जिसने अपनी आंखों के सामने देखा कि उसका एक मात्र बेटा यीशु कीलों में ठुका सिर पर कांटों का ताल लिये सलीब पर टंगा है; नारी कल्पना भी थी, जिसने अपने जीवन में कुछ अजीब ही दुख का सागर देखा। उसका शरीर, उसकी आत्मा, उसकी सारी कल्पनाओं का आधार ही विजय है, फिर भी वह विनोद की पत्नी है-धर्मपत्नी। उसके विचार यूं डगमगाने लगे, मानो किसी नाव को उसके डांडे तोड़कर दरिया के बीच तूफान में छोड़ दिया गया हो। वह निर्णय नहीं कर सका कि उसे क्या करना चाहिये, इसलिए उसने अपने जीवन को भाग्य के थपेड़ों के सुपुर्द कर दिया। किनारा होगा, तो मिल ही जाएगा।

ससुराल पहुंचते ही कल्पना बीमार पड़ गई। दिल पर ऐसा घाव लगा था कि दर्द बढ़ता ही गया। आंखों में चारों ओर अंधकार अमावस की रात बन रहा था। वह चाहती थी कि कोई इस अंधकार में प्रकाश के दीप जलाये, कोई उसका भेद जानकर दिल का बोझ हल्का करे, परन्तु उसकी बीती, उसका भेद उसकी सच्चाई इतनी गहरी थी कि यदि वह एक शब्द भी जबान पर निकालती तो उसका नारीत्व मिट जाता। समाज उसे कलंकिनी कहता, कुलटा कहता। नारी के लिए इससे बड़ा पाप और क्या होगा कि वह पति के होते हुए भी एक पराये पुरुष के बच्चे की मां बने? समाज परिस्थिति नहीं देखता, सत्यता देखता है, चाहे वह किसी भी अवस्था में हो।

चारपाई पकड़ते ही उसका शरीर पीला पड़ने लगा। उसके अंदर का पाप उसे घुन के समान खा रहा था। तीन ही दिन में उसके मुखड़े तथा शरीर का रंग यूं बदल गया, मानो एक खिला हुआ फूल अचानक ही किसी सख्त आंधी की लपेट में आ गया हो। वह एक नारी है, एक पुरुष की आदर्श पत्नी है। वह अपनी वास्तविकता पर किस प्रकार का पर्दा डाले? किस प्रकार अपनी वास्तविकता छिपाए? उसने तय कर लिया कि वह विनोद से सब कुछ कह देगी, उसे सब कुछ बता देगी, परिणाम चाहे कुछ भी हो। आखिर यह बात कब तक छिपी रह सकती है? यदि विनोद ने परिस्थिति को समझने में नादानी की, यदि

उसने धिक्कारा, तो वह निश्चय ही आत्महत्या कर लेगी। इसके अतिरिक्त उसके पास चारा भी क्या है।

विनोद आया तो उसने उसे गले लगा लिया, परन्तु वह मुस्करा न सकी। उसकी सेवा में विनोद ने दिन-रात एक कर दिया, परन्तु अवस्था दिन प्रतिदिन गिरती ही चली गई। उसकी अन्तरात्मा उसे धिक्कारती। मन में संदेह का ऐसा कीड़ा था, जो शरीर शरीर का बहुत धीरे-धीरे खा रहा था। वह अपनी ही दृष्टि में स्वयं को कुलटा समझ चुकी थी। बागवान ने बहुत प्रयत्न किया, परन्तु फूल खिल न सका-वह मुझाता ही गया, सूखता ही गया, यहां तक कि वह जल्द ही अपने आप से डर गई, अपने आपको धरती का बोझ समझने लगी। और एक दिन जब उसकी मानसिक परेशानी अत्यधिक बढ़ गई, तो अपने भाग्य पर वह फूट-फूटकर रो पड़ी।

विनोद की चिन्ता बढ़ी। ठेकेदार चमनलाल को उसने तार देना चाहा परन्तु उनकी कोठी जंगल के ऐसे भाग में थी जहां देर हो जाने की शंका थी। वह स्वयं ही उनसे मिलने निकल पड़ा। कल्पना की निरन्तर रहने वाली उदासी तथा गिरती हुई अवस्था का वह कोई भी कारण नहीं जान सका था। डाक्टर की दृष्टि में वह बिल्कुल ठीक थी। केवल खुश रहने तथा अच्छा भोजन करने से ही वह स्वस्थ रह सकती थी।

विनोद चला गया, तो कल्पना की अटकी सांसों को एक पल के लिए आराम मिला। अपनी गलती का भय उसके अंदर इतना अधिक समा गया था कि वह विनोद से आंख मिलाते भी कांप जाती थी। उसने अपने आप पर काबू पाया; सोचने पर विवश हो गई अब उसे क्या करना चाहिये। अपने पति को किस प्रकार बताये कि वह उसके योग्य नहीं रही। उसके शरीर पर पराये पुरुष का हाथ लग चुका है। दिल व दिमाग पर एक अजनबी की छाया पड़ चुकी है।

दूसरे दिन विनोद नहीं आया, तो उसकी चिन्ता बढ़ी। कहीं पिताजी ने उसे कुछ बता तो नहीं दिया है? नहीं-नहीं, वह भला ऐसा किस प्रकार कर सकते हैं? वह तो उसके पिता

हैं। वह उनकी बेटी है, जिगर का टुकड़ा है। फिर कहीं विजय से तो विनोद की भेंट नहीं हो गई? कहीं उनकी मानसिक बीमारी पर संदेह करके विनोद ने विजय से तो कुछ नहीं पूछ लिया? नहीं-नहीं, भगवान न करे ऐसा हो। विनोद बहुत गुस्से वाला है। विजय के वह तुरन्त ही गोली मार देगा। गोली? हां, वह पिस्तौल भी तो अपने साथ ले गया है। जहां जाता है पिस्तौल अवश्य साथ रखता है। मिलिटरी का बड़ा अफसर है न! कल्पना के मन में ऐसे-ऐसे विचित्र विचार उठे कि उसका दिल कांप गया। परेशानी में डूबी वह स्वयं को ही कोसने लगती। उसका मन होता कि वह अपनी जान दे दे, आत्महत्या कर ले। परन्तु क्या जान देने से उसका पाप छिप सकेगा? पुलिस आत्महत्या का कारण जानना चाहेगी। विनोद भी उसकी मृत्यु का भेद जाने बिना चैन नहीं लेगा। घूम-फिर वही सारी जिम्मेदारी विजय पर आ जाएगी और विनोद अपने क्रोध में स्वयं को अपमानित समझते हुए उसे कभी जीवित नहीं छोड़ेगा। कल्पना अपनी कठिनाई को कल करने का जितना भी प्रयत्न करती, कठिनाई उतनी ही बढ़ती जाती। विचारों के ताने-बाने में वह इस कदर उलझ जानी कि कभी-कभी उसका सिर ही चकरा जाता।

विनोद वापस आया-पूरे तीन दिन बाद। परन्तु साथ में अपने मुखड़े पर वह कुछ विचित्र-सी निराशा भी लेता आया-ऐसी निराशा मानो वह कल्पना की नहीं अपनी ही किसी बड़ी चिन्ता में डूबा हो। कल्पना ने इस अकारण परेशानी का कारण जानना चाहा। उसके मन पर अपना भी बोझ बढ़ चला था-उसे संदेह हुआ कि शायद विनोद उसके बारे में सब कुछ जान गया है, परन्तु नहीं, ऐसा नहीं हो सकता। विजय एक आदर्श पुरुष है, उसकी प्रसन्नता, उसके सुख-चैन के लिए तो वह अपनी आत्मा ही बलि चढ़ा सकता है। वह कभी अपनी जबान खोलकर उस सत्यता को नहीं प्रकट कर सकता, जो केवल इन दोनों के बीच ही एक भेद है। साहस बटोर कर उसने विनोद से पूछा, परन्तु वह टाल गया। वह कुछ छिपा रहा था, कुछ ऐसा भेद जिसके प्रकट हो जाने से उसका स्तर गिर सकता था, वह दूसरों की दृष्टि में सारा सम्मान खो सकता है, उसकी आंखों में एक पापी बन

सकता है। कभी-कभी तो विनोद इस प्रकार अपनी परेशानी के आलम में रो पड़ता कि कल्पना का दिल ही फट जाता। वह उसके आंसू देखती तो अपना गम भूलकर उसके लिए तड़प उठती। उसे विनोद पर दया आई। उसने सोच लिया, वह विनोद को भेद जानने से पहले अपनी ही सत्यता उसके आगे प्रकट कर देगी। जीवन का एक किनारा तो उसे मिल ही जायेगा। यदि विनोद ने उसे नहीं स्वीकारा तो वह आत्महत्या करके सारी उलझन सदा के लिए समाप्त कर देगी। उसने अपने पर काबू किया और अच्छा होने का प्रयत्न करने लगी।

परन्तु उसके स्वस्थ होने से पहले ही विनोद को युद्ध में पहुंचने के लिए फिर सरकारी आज्ञा जारी हुई। इस बार पाकिस्तान ने भारतीय गौरव को ललकारा था-सन 1965। तीन साल बाद कल्पना से मिलने के पश्चात् भी उसे युद्ध अधिक प्यारा था। विदा होते समय उसे कल्पना को गले लगा लिया, कुछ इस निराशा के साथ मानो जितने दिन भी कल्पना के साथ रहा, उसकी बीमारी के कारण उसका स्पर्श न प्राप्त कर सकने का उसे अत्यधिक खेद था। कल्पना की आंखों से आंसू छलक आए, अपनी विवशता पर उसका दिल रो उठा। अच्छा हुआ, जो वह बीमार रही। किस मुंह से अपनी अन्तरात्मा को संतोष देती कि उसका शरीर विनोद के योग्य नहीं है।

'मेरे नाथ...।' बहुत कठिनाई से वह बोली, मेरे मन में एक भेद है। चाहती थी कि इस पापिन को...।'

'कल्पना।' विनोद ने उसकी बात काटकर कहा, वह कोई पान नही है कि तुम अस्वस्थ होने के कारण मुझे संतुष्ट नहीं कर सकी। पाप तो मैंने किया है, एक बहुत बड़ा पाप; परन्तु मुझे वचन दो कि मेरी वास्तविकता जानकर भी तुम मुझे क्षमा कर दोगी। मैं...मैं।' परन्तु फिर जाने क्या सोच कर विनोद ने बात रोक दी। बोला, 'अच्छी बात है, मैं वहां से तुम्हें लिख दूंगा। अभी मेरा साहस नहीं होता कि तुम्हारे कोमल समय में किसी प्रकार का धक्का पहुंचाऊं। युद्ध में हंसते हुए ही जाना चाहिये, इसलिए अब तुम भी मुझे हंसकर ही विदा करो।'

कल्पना के मन की बात मन में ही रह गई। विनोद युद्ध में जा रहा है, उसे हंसते हुए विदा करना चाहिये। परन्तु मुस्कराने का प्रयत्न करने के पश्चात् भी वह मुस्करा न सकी। उसने उठकर विनोद के चरण छू लिये। सोच लिया कि वह भी अपना भेद पत्र द्वारा ही लिख देगी। फिर जो होगा देखा जायेगा। तूफान में भटकने से तो अच्छा है कि नाव डूब जाये, वर्ना किनारा तो मिल ही जायेगा।

दो महीने बीत गये। कल्पना साहस बटोर चुकी थी, जीवन के एक निर्णय पर पहुंच चुकी थी, इसलिए स्वस्थ हो गई। उसकी सुन्दरता यौवन बनकर अंग-अंग से फूटने लगी, परन्तु दिल की चिन्ता अभी शेष थी। अपनी वास्तविकता के पीछे परिस्थिति का ज्ञान करके वह भाग्य को दोष देती। अपने आप से घृणा हो गई थी। विनोद आयेगा तो वह किस मुंह से उसके सामने जा सकेगी? वास्तविकता जानकर तो वह उसका गला घोंट देगा। कितने प्रेम से वह पत्र लिखता है। एक-एक पंक्ति मानो उसके होंठों का चुम्बन टपकता रहता है। विनोद हर पत्र में ही उसे लिखता कि इस बार नहीं अगले पत्र में वह अवश्य ही उसे अपने दिल का राज बता देगा।

ऐसा क्या भेद है, ऐसा क्या राज है, जो विनोद को परेशान किये हुए है, वह कभी नहीं जान सकी। जानने की उसने चिन्ता ही नहीं की, क्योंकि उसका स्वयं का पाप ही एक बहुत बड़ा बोझ बनकर उसके दिल व दिमाग पर छाया हुआ था। वह अपनी ही दृष्टि में कुलटा थी और दो मास बाद जब वह भेद एक पाप बनकर उसके घरवालों की दृष्टि में आने योग्य हो चला तो उसने अपना भेद विनोद पर खोल देने में ही बुद्धिमानी समझी। ऐसा न हो कि उसके ससुराल वाले उसकी कोख में समाये पाप को अपने बेटे का फल समझकर उसे सूचित करते हुए हर्ष प्रकट कर दें। विनोद का तो दिल ही फट जायेगा। उसने तो कल्पना के शरीर को कभी अपनाया नहीं था। फिर जाने क्या हो? उसे कुलटा समझकर घर से निकाल दिया जायेगा। उसके पिता भी उसे ग्रहण नहीं करेंगे। और फिर दर-दर की ठोकरें लोगों की व्यंग्यात्मक बातें, ठहाके, गालियां। वह तो एक तमाशा बनकर रह जायेगी।

मृत्यु? आत्महत्या? हां, यही ही एक रास्ता है। परन्तु पहले वह उसके आगे अपनी वास्तविकता तो प्रकट करके देखे! विनोद शायद उसकी परिस्थिति समझकर उसे क्षमा कर दे। वह वास्तव में उसे बहुत प्यार करता है।

उसने तय कर लिया वह विनोद को पत्र द्वारा सब कुछ बता कर अपने भविष्य को उसकी इच्छा पर छोड़ देगी। उसने अभी कागज और कलम उठाया था कि घर में एक तार पहुंचा। युद्ध में शत्रुओं का सामना करते हुए विनोद बुरी तरह घायल होकर इस समय मिलिटरी अस्पताल में भरती है। अपनी पत्नी को तुरन्त देखना चाहता है। घर में कोलाहल मच गया। माता-पिता ने छाती पीट ली। फौजी सहायता द्वारा सभी को विनोद तक पहुंचने का अवसर प्रदान किया गया। विनोद ने इच्छा प्रकट की कि वह सबसे पहले वह कल्पना से ही एकांत में बात करना चाहता है।

कल्पना ने वार्ड में प्रवेश करते समय देखा, विनोद पलंग पर खामोश लेटा हुआ है। सिर पर पट्टी, आंखों में पट्टी छाती पर पट्टी, सलाइन द्वारा उसके शरीर में दवा दी जा रही थी। विनोद की अवस्था देखकर उसका दिल फट गया। चुपचाप दबे पांव आगे बढ़कर उसके समीप आई, तो मानो विनोद को उसकी सांसों की महक मिल गई।

'कल्पना?' विनोद ने उसी प्रकार लेटे-लेटे कहा।

और उत्तर में कल्पना सिसक पड़ी। सिसकते हुए वह पलंग से लग कर फर्श पर घुटनों के बल बैठ गई और उसकी हथेली पकड़कर अपना गाल उस पर रख दिया।

'कल्पना...।' विनोद का गला भर गया। कहने में उसे कष्ट को रहा था, 'अच्छा हुआ कि तुम आ गईं। मेरे पास समय नहीं है। चाहता हूं दम तोड़ने से पहले अपने दिल का बोझ हल्का कर लूं।' कल्पना के सिसकियों के बीच विनोद को देखा, परन्तु वह कहने में ही लीन था, 'तुम्हें याद होगा तुम्हारी बीमारी के मध्य मैं तुम्हारे पिताजी को लेने गया था परन्तु कल्पना, वहां पहुंचने से पहले मुझे एक विचित्र घटना का सामना करना पड़ा। रात का समय था और तुम्हारे पिताजी से बात कर रहा था कि वहां अचानक ही ठाकुर नरेन्द्र

सिंह आ पहुंचे। उन्हें पता चला था कि तुम्हारे पिताजी ने उनके बेटे विजय को अपने यहां छिपा रखा है।' कल्पना का दिल कांप गया। परन्तु विनोद कहता ही गया, 'मुझे मालूम नहीं था कि तुम्हारे पिताजी की ठाकुर नरेन्द्र सिंह से बहुत पुरानी शत्रुता चली आ रही है। जब तुम्हारे पिताजी ने उन्हें धिक्कारते हुए बहुत कुछ कहा, तो ठाकुर को उनकी पहचान हुई। ठाकुर तुम्हारे पिताजी को गोली मार देते परन्तु समय पर पहुंचकर मैंने स्वयं ठाकुर को गोली मार दी। वह वहीं गिरकर ढेर हो गए, तड़प नहीं सके। तुम्हारे पिताजी को तो शांति मिल गई, परन्तु कल्पना मेरे अपने दिल की सारी शांति छिन गई। मेरे अन्दर का रक्त जम गया। यह सब इतनी शीघ्रता से हो गया था कि मैं कुछ समझ नहीं सका। कुछ ही पल बाद वहां एक देवता प्रकट हुआ, विजय। उसने मुझे बहुत गौर से देखा। फिर मेरा परिचय जाना और फिर मेरा सारा अपराध अपने सिर ले लिया-जाने क्यों उसने ऐसा किया? वह निर्दोष अब भी मेरी सजा भोग रहा है, परन्तु मैं इस सजा से मुक्त होकर भी अपने आप को क्षमा नहीं कर सका। यह बात मैंने तुमसे इसलिए छिपा रखी थी, ताकि तुम मुझे एक अपराधी समझकर घृणा न करने लगो, परन्तु ऐसा लगता है यदि यह बोझ मैं अपने ऊपर से नहीं उतार सका, तो मेरा दम आसानी से नहीं निकलेगा। कल्पना...मैं तुम्हें बहुत प्यार करता हूं, मुझे क्षमा कर देना। देखो तो भला, कितना अभागा हूं, जो तुम्हारे कुंवारे शरीर का स्पर्श भी अब तक नहीं पा सका। सोचा था, अब की छुट्टी में हनीमून के लिए कश्मीर-आह-कल्पना-कल्पना।' विनोद की सांसें अचानक ही उखड़ने लगीं। मुखड़े पर खिंचाव आ गया मानो उसे बहुत कष्ट हो रहा था। उसने अपनी हथेली में आई कल्पना की अंगुलियां को सख्ती से पकड़ लिया, इस सख्ती के साथ कि कल्पना की अंगुलियां टूटने लगी, परन्तु वह सहन करती रही। अचानक की विनोद की अंगुलियां ढीली पड़ गई। उसके हलके से एक गहरी सांस उभरी और फिर उसके होंठ सदा के लिए खुल कर फैल गए।

एक पल के लिए कल्पना की सांस ही रुक गई। विनोद को वह एक टक देखती रही, कुछ कह न सी, पूछ न सकी। दिल की अवस्था ऐसी हो गई कि रोना चाहकर भी नहीं रो सकी। सोचने-समझने की शक्ति ही मानो शेष नहीं थी। उसकी भेद केवल उसकी ही भेद

बनकर रह गया। एक पल कि लिए उसे प्रतीत हुआ मानो सागर के थपेड़ो में भटककर डूबती हुई किसी दम तोड़ती देह का किनारा मिल गया है। उसे इस किनारे दम तोड़ती देह का किनारा मिल गया है। उसे इस किनारे पर दम साधकर उठ खड़ा होना चाहिये या नहीं या यूं ही पड़े-पड़े दम तोड़ देना चाहिये। अब जबकि विनोद नहीं रहा, वह बहुत आसानी से अपना बचाव कर सकती थी, जो उसे कलंकित करे। वह विधवा है, एक बच्चे की मां...अपने पति के बच्चे की मां। अब उसके लिए जीने की राह खुल चुकी थी।

कुछ दिन बहुत खामोशी के साथ बेबसी में बिताकर उसे अपने पिता के पास आना पड़ा। पिता के द्वारा वह विजय से जल्द से जल्द मिल लेना चाहती थी। उसके आगे अपनी सारी विपदा सुनाकर अब वह अपने मन के एक अनजाने बोझ से स्वतंत्र हो जाना चाहती थी। उसे विश्वास था कि विजय उसकी एक-एक बात का समझेगा। फिर उसे अपनाने में उसे कोई आपत्ति नहीं होगी। क्या हुआ यदि उसे सजा हो गई। फांसी से तो बच गया। विनोद ने मरते समय यही बताया था-वह सजा काट रहा है। अब वह विजय की राह जीवन भर देखेगी। उसका पता लगाकर उससे मिलेगी। वह तो उसका देवता है, भगवान है, आत्मिक पति है। उसकी कोख से जन्म लेने वाली सन्तान का पिता है।

वह घर पहुंची, परन्तु बदकिस्मती ने उसका पिण्ड अभी नहीं छोड़ा था। उसकी छाती पर एक आघात और पड़ा। ठेकेदार चमनलाल का स्वास्थ्य इतना अधिक गिर चुका था कि अब केवल सांस की बाकी थी। बेटी को देखा तो आंखें छलक आईं। गले मिलकर रो पड़े। कुछ कहना चाहा, समझना चाहा, परन्तु होंठ खुलते ही दिल की धड़कन बंद हो गई। कल्पना ने अपनी छाती पीट ली। फूट-फूटकर रो पड़ी। अभी एक घाव भरा भी नहीं था कि दूसरा आ लगा।

ठेकेदार चमनलाल का मैनेजर शायद इसी अवसर की ताक में था। कल्पना को बेसहारा जानकर उसने अपनी सेवाएं अर्पित की। परन्तु कल्पना उसको परख चुकी थी। बूढ़ा होकर भी वह कल्पना से विवाह करके उसकी सारी सम्पत्ति पर अपना अधिकार जमा लेना चाहता था। कल्पना को उसकी उपस्थिति में अपनी मान-मर्यादा खतरे में दिखाई

पड़ी तो उसे निकाल देना चाहा। परन्तु मैनेजर चालाक था। उसने ऐसे दांव पेंच चलाया कि कल्पना को स्वयं ही अपना सब कुछ छोड़कर एक रात चुपके से निकल जाना पड़ा। यदि वह वहां रुक जाती, तो जाने क्या होता। दौलत तो फिर भी आ सकती है, परन्तु शरीर पर एक बार यदि किसी पराए पुरुष का हाथ लग जाए, तो एक अमिट दाग बन जाता है। वह सीधी स्टेशन पहुंची। एक गाड़ी खड़ी हुई थी। जाने कहां से आई थी, जाने कहां जाएगी? उसने किसी से कुछ भी नहीं पूछा। रात अत्यन्त गहरी थी और स्टेशन पर चढ़ने-उतरने के बाद अब केवल कुछ एक यात्री ही वहां थे। जंगल के समीप स्टेशन होने के कारण लोग यहां कम ही दिखाई पड़ते थे। वह लपककर सामने के कम्पार्टमेंट में प्रविष्ट हुई। एक छोटे से सूटकेस में कुछ साड़ियां, कुछ गहने, कुछ कागजात लेकर ही वह भाग आई थी। सूटकेस एक ओर रखकर उसने कम्पार्टमेंट में दृष्टि दौड़ाई। केवल एक ही यात्री सामने था जो एक किनारे बैठा बहुत खामोशी के साथ कुछ सोच रहा था। उसकी ओर उसने एक बार भी ध्यान नहीं दिया।

गाड़ी चली। हवाओं की तेजी में ठंडक बढ़ी तो उसने चाहा कि खिड़की बंद कर दे, परन्तु उसके परेशान मस्तिष्क पर निराश दिल की कसक, थकावट का एक बोझ बनकर छा गई। बढ़ते हुए हाथ कांपे, शरीर में एक सिरहन-सी उत्पन्न हुई, आंखों के सामने अंधकार छा गया, और एक ही पल में लुढ़ककर सीट पर से नीचे जा गिरी।

जब उसे होश आया तो सुबह की किरणें फूटकर कम्पार्टमेंट के अंदर प्रकाश उत्पन्न कर रही थी। उसकी आंखों के सामने यात्री था, एक ही यात्री, जिसे उसने रात में देखा था। वह उसके समीप बैठकर बहुत आश्चर्य से उसे देख रहा था।

'क्षमा कीजिएगा...।' वह कुछ सकुचा कर बोला, 'रात आपकी तबियत अचानक ही खराब हो गई थी, इसीलिए आपको छूने से मैं अपने आपको नहीं रोक सका। मैं अपनी मां के लिए दवा ले जा रहा था। इसमें से कुछ आपके भी काम आ सकती थी इसलिए खिला दिया। अब आप किसी है?'

कल्पना ने उसे देखा, परन्तु शब्दों से कुछ न कह सकी। एक गंभीर लज्जा से उसने अपना आंचल ठीक करना चाहा, परन्तु यह महसूस करके और लजा गई कि उसे पहले ही उस अजनबी ने ठीक कर दिया था। आंखें झुकाए वह उठकर बैठ गई। बिखरी हुई लटों पर हाथ फेरा और उठकर बर्थ पर चली आई। पलक तब भी नहीं उठाई।

आप कुछ अधिक ही परेशान है। अजनबी ने अपनी सीट पर बैठते हुए उसकी ओर सहानुभूति से देखा।

वह तब भी कुछ नहीं बोली। केवल पलकें कांप कर रह गई जैसे आंसू आने को तड़प उठे हों।

'मेरे पास दूध तो नहीं, परन्तु कॉफी अवश्य है...।' अजनबी ने एक ओर टंगे थरमस को उठाकर खोलते हुए कहा, 'इसे पी लीजिए तो आपको कुछ चुस्ती महसूस होगी।

कल्पना संकोच नहीं कर सकी। हाथ बढ़ाकर उसने थरमस के ढक्कन में कॉफी ले ली और नजरें नीचे किए चुस्की लेने लगी। उसे वास्तव में शरीर को गर्मी पहुंचाने वाली वस्तु की आवश्यकता थी।

'मेरा नाम प्रकाश है...।' उत्साह पाकर उसने अपने आप ही कहा वैसे आप मिसेज...?'

कल्पना की आंखें छलक आई। आंसू कॉफी के प्याले में आ गिरे। उसने तब भी कोई उत्तर नहीं दिया।

प्रकाश की चिन्ता बढ़ी। उसने कल्पना को गौर से देखा। एक गर्भवती नारी, परन्तु रूप रंग से सुबह के चांद के समान फीकी, इस प्रकार मानो विधवा का कोई प्रतिरूप हो। लटें बिखरी, मांग उजड़ी, आंखों में घना अंधकार, होंठों पर सिसकियां। उसकी निराशा तथा परेशानी का शायद यही कारण हो।

'आप कहां तक जाएंगी?' सहानुभूति प्रकट करते हुए उसने फिर पूछा।

कल्पना कुछ न बोली। होंठों पर आह उभर आई, तो आंसुओं की धार तेज हो गई।

प्रकाश ने कल्पना की स्थिति को समझने का प्रयत्न किया। जमाने की सताई हुई अबला! शायद बेसहारा है। उसके सूने दिल में अंधकार के पीछे एक किरण उभरी।

'मैं मंसूरी जा रहा हूं।' उसने आप ही कहा, 'आप चाहें तो मेरे साथ चल सकती हैं। वहां मेरी मां है, अकेली, उनका दिल भी लग जाएगा और आप भी अपने को बेसहारा नहीं पाएंगी। मैं तो नौकर आदमी हूं, कुछ ही दिन मां के पास रहकर रहकर लौट आऊंगा। सदा ही ऐसा करना पड़ता है।'

एक बार कल्पना ने सुलगते दिल पर ठंडी हवा का एक झोंका आया। उसे ऐसा महसूस हुआ मानो भटकती नाव को किनारा मिल चुका है। उसने दृष्टि उठाकर प्रकाश को देखा, कुछ आश्चर्य से कुछ कृतज्ञता से, कुछ इस प्रकार जैसे उसने कोई गलत वाक्य तो नहीं सुना। प्रकाश कल्पना की इस चिन्ता पर दिल ही दिल में मुस्कराए बिना नहीं रह सका।

कल्पना ने मजबूरियों को सामने रखते हुए प्रकाश को अपने बारे में बहुत कुछ बताया-वह जंगल के एक ठेकेदार की लड़की है। पति विवाह के कुछ दिन बाद ही युद्ध में जाकर धरती मां की भेंट चढ़ गया। अपनी होने वाली संतान का मुख तक न देख सका। फिर ससुराल वालों की कटु बातें सुनकर जब वह अपने घर आई तो पिता का भी देहान्त हो गया। मैनेजर ने सब कुछ अपने नाम करके उसकी इज्जत लूटनी चाही, तो वह भाग आई। कल्पना ने हर बात बहुत सावधानी से कहते हुए विजय की सारी बातें इसलिए छिपा ली कि वास्तविकता जानकर प्रकाश निश्चय ही उसको सहारा देने से मुकर सकता था। इस समय उसे सहारे की तलाश थी वह निश्चित रूप से केवल प्रकाश की शरण में पूर्णतया सुरक्षा पा सकती थी। अपनी वास्तविकता प्रकट करके वह प्रकाश की नहीं सारे संसार की दृष्टि में गिर सकती थी और फिर वही ठोकरें, वहीं व्यंग्यात्मक तथा कटु बातें उसे हर स्थान पर सहन करने को मिलतीं।

'आपको वचन देता हूं कि आपकी किसी भी कमजोरी से मैं कोई लाभ नहीं उठाऊंगा। आप मेरे यहां निश्चिन्त होकर रह सकती है। आपकी इच्छा के विरुद्ध कुछ सोचना भी मेरे लिए पाप होगा। परन्तु...।' प्रकाश ने कहते हुए कल्पना को देखा।

कल्पना को जो चिन्ता थी वह भी दूर हो गई। पर यह परन्तु? यह परन्तु की दीवार कैसी? उसका दिल हल्के से धड़का।

'मैं आपका नाम जान सकता हूं?' प्रकाश ने पूछा।

'कल्पना।'

'देखिए कल्पना देवी....।' प्रकाश ने समझाने के तौर पर कहा, 'इस संसार में ऐसा कोई मनुष्य नहीं जिसके भाग में दुःख न आया हो। परन्तु मनुष्य चाहे तो इसे हल करने का भी एक रास्ता अवश्य ढूंढ़ सकता है। हमारा धर्म है कि हम एक-दूसरे के काम आकर अपनी झोली में आते आंसुओं को खुशियों की मोती में बदल लें। जीवन का अर्थ ही यह है।' प्रकाश ने एक आह भरी और कल्पना की आंखों में झांकते हुए बात जारी रखी, 'अभी कुछ मास पहले मैंने अपने घरवालों की इच्छा के विरुद्ध एक लड़की से विवाह कर लिया था, तो पिताजी को दिल का दौरा पड़ गया। ऐसा इसलिए हुआ क्योंकि उन्होंने अपने मित्र की लड़की से मेरे विवाह का सारा प्रबन्ध पहले ही कर दिया था। परन्तु हृदय की गति बंद होने से पहले ही उन्होंने मुझे क्षमा कर दिया और मां जी से कहा कि बहू को स्वीकार कर लें। यह मेरा दुर्भाग्य है कि मेरी प्रेमिका मेरी पत्नी बनकर बहुत ही आवारा सिद्ध हुई। उसे केवल दौलत से ही प्रेम था और मुझसे उसने विवाह इसलिए किया था ताकि अपने पापों पर पर्दा डाल सके। मैंने उसे बहुत समझाया, उसे बताया कि वह पिछली बात भूल जाए, तो उसे क्षमा कर दूंगा। फिर हम एक नया तथा सुखी जीवन बहुत आसानी के साथ व्यतीत कर सकते हैं। परन्तु उसे पैसों का नशा छाया हुआ था। मुझे अपनी स्वतन्त्रता की दीवार समझा तो लड़-झगड़कर चली गई। अभी कुछ दिन पहले पता चला कि एक होटल में अत्यन्त अश्लील तथा नशे की अवस्था में पुलिस द्वारा पकड़े जाने के

कारण उसने आत्महत्या कर ली है। मां ने मुझे क्षमा कर दिया है। वह चाहती है कि बहू उनके समीप आकर रहे, उनकी सेवा करे। उसने तो उसे देखा तक नहीं। परन्तु बार-बार टाल जाता हूं। अकेला ही मां से मिल आता हूं। जिससे मां को चोट पहुंचती है कि क्यों उसकी बहू उसके पास आना नहीं चाहती।' प्रकाश की आंखों में काले बादल उमड़ आये, उसने स्वयं को संभाला। बात जारी रखी, 'कल्पना जी, आजकल मेरी मां की अवस्था गिरती ही जा रही है। वह अधिक दिन जीवित भी नहीं रहेगी, क्योंकि काफी वृद्धावस्था है। परन्तु आप चाहें तो उसके तड़पते दिल पर ठंडे पानी का एक फाहा रख सकती है। ऐसी अवस्था में आप उसकी शांति का कारण बन सकती है। वह अपनी बहू को देखना चाहती है। मैं किस मुंह से मां को समझाऊं कि पिता की इच्छा को ठुकराकर मैंने जिस लड़की से विवाह किया था वह एक आवारा लड़की थी जिसने आत्महत्या कर ली है? उसका दिल ही बैठ जाएगा। क्या... मेरा मतलब कल्पना जी क्या ऐसा संभव नहीं कि आप कुछ दिन के लिए मां की शांति का कारण बनना स्वीकार कर लें? मेरा विश्वास कीजिये हमारे इस झूठे संबंध से मां की सांस शांति से निकल सकेगी। फिर आप स्वतन्त्र है। मैं आपसे कुछ नहीं मांगूंगा। जब तक आप चाहेंगी मैं आपको सुरक्षा में अपना गर्व समझता रहूंगा। प्रकाश ने बात समाप्त की और फिर अपनी दृष्टि खिड़की के बाहर फेरकर बहुत आशा से कल्पना के उत्तर की प्रतीक्षा करने लगा।

कल्पना कुछ न बोली। सोच में पड़ गई कि इस उलझन को किस प्रकार दूर करे, परन्तु फिर उसने अपनी परिस्थिति का भी ज्ञान कराते हुए प्रकाश की इच्छा के आगे सिर झुका लिया। इसी में उसका भला था। यह समाज, इतना बड़ा संसार, उस पर से उसके मैनेजर का पीछा। वह अकेली कहां-कहां भटकती फिरेगी। प्रकाश उसके लिए देवता साबित हुआ। देहरादून-और फिर मंसूरी-प्रकाश की माता जी ने कल्पना का प्यारा मुखड़ा भर ही देखा मानो उनके निर्बल शरीर में जान आ गई। कल्पना उनके चरणों की ओर झुकी परन्तु उन्होंने झट उसे अपनी छाती से लगा लिया।

'ऐसी भी क्या नाराजगी थी बेटी, जो तू इतने संकोच के बाद यहां आई?' उन्होंने माना फूट-फूटकर रोते हुए कहा, 'प्रकाश को मैं बराबर लिखती थी कि बहू को यहां ले आ, परन्तु जब ऐसा नहीं हुआ तो मैंने सोचा कि शायद तू ही...।'

'मां...।' प्रकाश ने बीच में कहा, 'तुम अधिक बात मत किया करो। तुम्हारी तबीयत...।'

'तू चुप रह...।' मां ने भी उसकी बात काट दी और कल्पना का मुखड़ा अपनी हथेली में लेकर ममता से दुलार कर देखती हुई बोली, 'कितनी सुन्दर, कितनी प्यारी बहू है मेरी। तूने यदि पहले ही हमें इसे दिखाया होता तो भला क्या कारण था कि हम आज्ञा नहीं देते? तेरे पिता को भी फिर कोई दुःख नहीं होता। मैं यह कदापि मानने को तैयार नहीं कि यह नहीं आना चाहती होगी। अवश्य तूने ही इसे रोक रखा होगा। क्यों बहू?' मां ने अपनी बात के उत्तर की प्रतीक्षा किए बिना ही बात जारी रखी, 'इतने दिन हो गये, परन्तु आज जाकर तुझे देखने को मिला है। मेरा तो इंतजार करते-करते दम ही निकला जा रहा था।'

प्रकाश कुछ न बोला। कल्पना भी कुछ न बोली। मां की ममता ने अचानक ही उसके दिल के सुलगते अंगारों पर बरफ का फाहा रख दिया था। इतना प्यार तो उसने कभी अपनी वास्तविक सास से भी नहीं पाया था। वहां आरंभ से ही उसे धिक्कारा गया था। प्रकाश की मां की ममता स्वीकार करने से उसका दिल इन्कार न कर सका।

कल्पना ने मां की सेवा में एक विचित्र ही शांति प्राप्त की। दिन-रात उसके समीप रहकर उसने उसके गिरते स्वास्थ्य का पूरा-पूरा भार संभाला और मां एक ही सप्ताह में पलंग से उठ खड़ी हुई। अपने आशीर्वाद द्वारा उसने कल्पना का जीवन परिवर्तित कर दिया। इस सप्ताह में कल्पना आरंभ से ही प्रकाश से दूर रही। प्रकाश ने भी उसके समीप आने का भय नहीं उत्पन्न किया। कल्पना अपने आपको यहां पूर्णतया सुरक्षित समझती थी। उसे विश्वास था कि प्रकाश उसकी निर्बलता से कभी लाभ नहीं उठायेगा, परन्तु वास्तविकता उसके आगे कभी नहीं प्रकट की, जो उसकी बदनामी का कारण बन जाए।

नारी यदि पुरुष की निगाह में एक बार गिर जाये तो कभी नहीं उठ सकती। वह विधवा ही बने रही-उसने प्रकट किया कि उसके गर्भ में उसके पति की ही आत्मा है। परन्तु प्रकाश की माता जी इसे अपने ही ढंग से सोचती रही। कल्पना उनकी बहू है। कल्पना के गर्भ में प्रकाश की संतान है। इसके उत्पन्न होते ही वह यह करेंगी-वह करेंगी। अभी से ही वह बहू को अधिक काम करने नहीं दे रही थी। और कल्पना प्रकाश के साथ मां के विश्वास को भी ठेस पहुंचाने का साहस कभी नहीं कर सकी। वह मां की ममता और प्रकाश की सहानुभूति के भार तले दबती ही चली गई।

मां के अनुरोध पर प्रकाश ने कल्पना को पूरी मंसूरी की सैर कराई। एक-एक स्थान पर उसे ले गया। बातें करते-करते वह उसके साथ इस प्रकार घुल-मिल जाता, जैसे कल्पना वास्तव में ही उसकी धर्मपत्नी है। वह मानो वर्षों से ही एक-दूसरे को जानते हैं। कई बार तो उसने बेख्याली में उसका हाथ भी पकड़ लेना चाहा, परन्तु फिर ठिठक गया।

कल्पना के विश्वास को ठेस पहुंचाकर वह किसी प्रकार का भय नहीं मोल लेना चाहता था। इतने दिनों में वह कल्पना के इतना समीप आ गया था कि अब यदि मां उसे नहीं टोकती, तब भी वह उसका बहाना बनाकर कल्पना को प्रतिदिन ही घुमाने ले जाया करता था।

एक दिन प्रकाश सुबह ही से कल्पना को बहुत दूर-दूर तक ले गया। फिर एक मंदिर के द्वार पर खड़े-खड़े उसने हाथ जोड़ कर आंखें बंद कर लीं। उसके समीप ही कल्पना भी खड़ी थी। वह भी ऐसा ही करने पर विवश हो गई। जब प्रकाश ने आंखें खोलीं, तो कल्पना अब मन के फूल अर्पण करने में लीन थी। वह मन ही मन एक विश्वास के सहारे मुस्कराए बिना नहीं रह सका। 'कल्पना...जी।' अपनी आंखें खोलने के बाद उसने उसकी आंखों में झांकने का प्रयत्न करते हुए कहा, 'आप भगवान से कुछ मांग रही थीं।'

'हां...।' कल्पना केवल इतना ही कह सकी।

'क्या?'

'बता देने से मन की इच्छा कभी पूरी नहीं होती।' कल्पना ने दूसरी ओर दृष्टि फेरकर कह, 'आखिर आपने भी तो कुछ मांगा ही होगा?'

'हां मांगूंगा भला क्यों नहीं? प्रकाश ने एक गहरी सांस लेकर कहा, 'इसी इच्छा पूर्ति की प्रतीक्षा में तो मेरी सांस अटकी हुई है।'

कल्पना ने प्रकाश को देखा। उसने वाक्य का अर्थ समझा परन्तु कुछ कह न सकी। अपने आप में मानो वह फड़फड़ाकर कर रह गई थी। वह प्रकाश को किस प्रकार बताए कि उसने भगवान से केवल एक ही बात मांगी है। जब विजय का पता चल जाये, वह वापस आए, तो इसमें इतनी शक्ति उत्पन्न हो सके कि वह सारी वास्तविकता प्रकाश के सामने रखकर विजय के साथ सदा-सदा के लिए चली जाए। परन्तु अपनी इस इच्छा, अपने इरादे पर से भी मानो उसका विश्वास धीरे-धीरे डगमगा चला था। उसे इस समय स्वयं भी तो प्रकाश के सहारे की आवश्यकता थी। पुरुष का साथ न हो तो नारी पर दाग लगते देर नहीं लगती। संसार की नजरों में वह प्रकाश की पत्नी है। मां की दृष्टि में वह उसकी बहू है। फिर उस संतान की दृष्टि में उसकी वास्तविकता क्या होगी जो कुछ मास बाद जन्म लेकर नाना प्रकार की उलझनें उत्पन्न कर देगी। अपने आपको जब एक बार वह परिस्थितियों के हवाले कर चुकी है तो वह खींचा-तानी कैसी? उसने अपने जीवन की नाव सागर के थपेड़ों के सुपुर्द कर दी, यह सोचकर कि यदि इसे कोई किनारा नहीं मिला तो डूब जाएगी-किसी संदेह में पड़कर यूं सिसक-सिसक कर जीने से तो अच्छा है कि उसका जीवन समाप्त ही हो जाए।

'कल्पना जी।' कुछ दूर एक ओर चलकर वे एक घाटी के समीप खड़े हो गए, तो प्रकाश ने दूर देखते हुए कहा, 'वह उस पार डूबते सूर्य पर किस कदर लालिमा है। है न?'

कल्पना ने देखा, सूर्य ही नहीं, सूर्य की लालिमा से सारा आकाश भी प्रभावित है। उसने हां के इशारे पर सिर हिलाकर आंखें नीची कर लीं।

'इस लालिमा में कितना गर्व है, कितना विश्वास! क्या कल फिर इसे यही रूप प्राप्त होगा?'

'यह तो प्राकृतिक है।' कल्पना ने अचानक ही कहा।

'ऐसा ही एक गर्व, ऐसा ही एक संतोष, ऐसा ही एक विश्वास मेरे मन में भी है कल्पना जी।' प्रकाश ने भावुक होकर कहा, 'इसके सहारे मैं भी एक सुन्दर सपना देख रहा हूं।'

कल्पना ने उसके शब्दों पर गौर किया। परन्तु इस बार उसके होंठ नहीं कांपे। वह घबराई नहीं। प्रकाश को वह काफी हद तक समझ चुकी थी। ऐसी बात वह कभी-कभी कह भी दिया करता था। वह जानती थी कि प्रकाश उसे चाहता है, चाहने लगा है, परन्तु उसे विश्वास था कि प्रकाश एक देवता है, जब तक उसकी अपनी इच्छा नहीं होगी प्रकाश कभी उसे किसी बात के लिए विवश नहीं करेगा। अब उसमें दुबारा जीने की शक्ति आ चली है।

उस रात जब वे माल रोड पर बैठे दूर देहरादून के सितारों समान चमकते शहर के प्रकाश को खड़े-खड़े देख रहे थे कि अचानक ही वर्षा आरंभ हो गई। वर्षा इतनी घनी थी कि शरण लेने से पहले वे दोनों ही भीग गए। एक रिक्शे में बैठकर वे घर की ओर लौट पड़े। रिक्शे की छत चारों ओर से बंद होने के कारण वे मानो एक छोटे कमरे में बंद हो गए थे। क्रमशः ऊंची नीची जगह पर एक-दूसरे पर गिर-गिर पड़ रहे थे। परन्तु फिर भी प्रकाश ने अपने ऊपर पूरा संयम रखा। चाहा कि कल्पना से दूर ही रहे। कल्पना ने प्रकाश की इस बात को महसूस भी किया, परन्तु कुछ निर्णय नहीं कर सकी कि उसके बारे वह क्या सोचे। गर्म कपड़े भीगे हुए थे और सख्त ठंड के कारण दोनों का पैर फिसलते-फिसलते बचा। रिक्शा लड़खड़ा कर ही रह गया। ढलान गहरी थी, इसलिए कल्पना अपने को संभाल न सकी। परन्तु उससे पहले ही प्रकाश के हाथ झट अपने आप उसकी कमर पर जा लगे। उसने कल्पना को संभाल लिया। परन्तु फिर उसे ठीक से बिठाकर इस प्रकार हाथ अलग

कर लिया मानो उससे कोई बहुत बड़ा पाप हो गया हो। उसने झट रिक्शा रुकवाया और नीचे उतरने लगा।

'क्यों? क्या हो गया?' कल्पना उसकी बांह थामते-थामते रह गई।

'आप इस पर आराम से चलिए।' पैरों को बाहर की ओर बढ़ाकर वह उसकी ओर देखता हुआ बोला, 'मैं दूसरा रिक्शा कर लूंगा। यदि रिक्शा उलट गया तो, आपकी एक बहुत बड़ी हानि हो जाएगी।'

कल्पना समझ गई प्रकाश का इशारा क्या है। वह लजा गई। फिर अपने शरीर पर ठीक से शाल डालती हुई बोली, 'परन्तु इस समय यहां आपको रिक्शा कहां मिलेगा?'

'तो कोई बात नहीं। मैं आपके पीछे-पीछे पैदल ही आ जाऊंगा।' प्रकाश ने दूर, आशा की किरण में चमक की वृद्धि देखी।

'इस वर्षा में।' कल्पना ने ना चाहते हुए भी कहा।

'आपकी इज्जत के लिए यह वर्षा तो क्या, मैं आग के दरिया में भी छलांग लगा सकता हूं।' प्रकाश जाने किस आवेश में आकर कह गया।

कल्पना से कोई उत्तर नहीं बन पड़ा प्रकाश ने उसे देखा फिर नीचे उतरने लगा।

'आपको इस प्रकार जाते हुए कोई देखेगा तो क्या सोचेगा?' कल्पना के मुंह से अपने आप ही निकल गया, 'आप यहीं बैठिये।' मेरी मान मर्यादा की रक्षा इसी में है।'

प्रकाश के बढ़ते हुए पग रुक गये। उसने कल्पना को नहीं देखा परन्तु अपने स्थान पर बैठ गया। आशा की किरण में और चमक उत्पन्न हो गई थी। दोनों एक-दूसरे के समीप बहुत सटकर बैठे रहे, रिक्शा बढ़ता रहा, चढ़ाई पर और ढलान पर।

घर पहुंचते ही प्रकाश और कल्पना दोनों ही चकित थे। छोटा-सा बंगला परन्तु आज इसके सारे ही कमरे मेहमानों से भरे हुए थे। अंदर रंगीन कागजों से सजावट की गई थी। रंगीन बल्ब इधर-उधर लगाने में नौकर भी व्यस्त थे और मेहमान भी।

'मां....।' प्रकाश ने अपना ओवर कोट उतारते हुए पूछा, 'यह सब क्या हो रहा है।?'

'बेटा....।' मां ने प्यार से बहू के भीगे सिर पर हाथ फेरा? शादी-ब्याह कोई साधारण बात नहीं जो कोर्ट में पहुंचकर हस्ताक्षर कर दिए और हो गया। आखिर धर्म-कर्म और भगवान भी तो कोई वस्तु है। जब तक अग्नि मां के सात फेरे न पूरे हो जाये, विवाह विवाह नहीं कहलाता।'

'मां...।' प्रकाश के होश उड़ गए। घबरा कर उसने कल्पना को देखा।

कल्पना ने ऐसी बेबस नजरों से उसे देखा मानो जाल में फंसकर अपने शिकारी से दया की भीख मांग रही हो। प्रकाश तड़प उठा। 'नहीं-नहीं मां।' प्रकाश ने बचाव करना चाहा, 'ऐसा उचित नहीं। क्या लाभ कि...।'

'तू चिन्ता न कर।' मां उसकी बात काटकर बहू को गले लगाती हुई प्यार से बोली, 'मैंने केवल सगे सम्बन्धियों को ही बुलाया हैं बहुत साधारण तरीके से विवाह होगा, लेकिन होगा पूरे रीति-रिवाज के अनुसार ही। किसी को कहने का अवसर क्यों दिया जाए?'

'लेकिन मां...।' प्रकाश ने विरोध करना चाहा।

'तू चुप रह।' मां ने कल्पना को कमर से पकड़ कर अपनी ओर खींचा और बढ़ती हुई बोली, 'चल बेटी, तू अन्दर चल। अब पूरे दो दिन तक तू बेटे का मुंह भी नहीं देखेगी।'

कल्पना एक बंधी गाय के समान सिर झुकाए चली गई। परन्तु प्रकाश से उसकी आंखों के ठहरे आंसू नहीं छिप सके। वह अपने में ही छटपटा कर रह गया। इन दो दिनों के बीच कल्पना ने चाहा कि प्रकाश से मिले। यहां से ही निकल भागे। परन्तु घर की खुशियों की ऐसी बौछार छाई थी कि उसे अपनी छाती पर पत्थर रख देना पड़ा। मां की ममता और विश्वास! यदि वह यहां से चली गई तो कोलाहल मच जाएगा। मां जहर खा लेगी, प्रकाश किसी को मुंह दिखाने योग्य नहीं रहेगा। प्रकाश-एक देवता, उसके जीवन का रक्षक, जिसने उसे सहारा दिया, उसे बेसहारा करके जाना वास्तव में एक बड़ा पाप

होगा-अन्याय होगा। अपनी बेबसी पर उसकी आंखें छलक आईं। जाल में फंसे पक्षी के समान वह शिकारी की इच्छा पर भेंट चढ़ने को तैयार हो गई। यह शिकारी कौन था...मां, जिसने उसे असीम ममता दी, प्यार दिया? या प्रकाश, जिसने उसकी रक्षा करके उसके दिल को शांति दी...यदि विवाह हो भी गया, तो इससे क्या अंतर? प्रकाश देवता है-वह उसकी खातिर विवाह के बाद पहल के समान ही रहना स्वीकार कर लेगा। मां की इच्छा के आगे उसने सर झुका लिया। प्रकाश से वह बाद में बात कर लेगी।

दूसरे दिन शाम को वह एक बार फिर दुल्हन बनी। एक बार फिर उसे अग्नि के सात फेरे पूरे करने पड़े। हर पग पर वह लड़खड़ा-सी जाती थी, परन्तु कच्चे रेशम के आंचल में पड़ी एक गांठ में विचित्र ही ताकत थी, जिसके सहारे खिंचते-खिंचते उसने सात फेरों की मंजिल पूरी कर ली। उसकी आंखों से हर समय आंसुओं की झड़ी जारी रही जिसने घूंघट को काफी सीमा तक भिगो दिया था।

उस रात वह बहुत रोई। प्रकाश उसके साथ कमरे में बंद रहने के पश्चात् भी दूर रहा, फिर भी वह बहुत तड़पी। ऐसी ही एक रात उसकी जीवन में आज से लगभग तीन वर्ष पहले आई थी, जब विनोद की बांहों में होते हुए भी उसने विजय को याद किया था। उसके लिए रोई थी, तड़पी थी, शायद इसीलिए भाग्य ने उसके आंसू देखकर विनोद को रात्रि की पूर्ण घटा छाने से पहले ही युद्ध में बुला लिया था। आज की रात वह प्रकाश के साथ थी, प्रकाश की बांहों का उसे डर भी नहीं था, तब भी वह विजय को नहीं याद कर सकी। उसका तो पता नहीं अब क्या हुआ होगा? शायद आजीवन कारावास। हत्या का अपराध, जो स्वयं स्वीकार कर ले, उसे आजीवन कारावास नहीं होगा तो क्या होगा? इस समय उसकी नजरों में विनोद ही छाया था। कितना अभागा था वह कि उसके समीप रहकर भी इतना दूर रहा। उसके शरीर का स्पर्श तक नहीं प्राप्त कर सका। उसकी आंखें भर आईं। वह सिसकती रही, और प्रकाश एक ओर बन्द खिड़की के समीप शीशों द्वारा दूर बाहर की ओर अंधकार में झांकता रहा, जहां कभी-कभी बिजली कौंध जाती थी। समीप आकर उसने कल्पना का घूंघट तक नहीं उठाया, जिसके अंदर सागर सी मौजें किसी ओर के

लिए एकत्र होती जा रही थी। विधवा होते हुए भी मांग में सिंदूर था, आंखों में काजल, होठों पर लाली, कानों में झुमके,? हाथों और पैरों में छल्ले, पायल, चूड़ियां, गहने, मेंहदी। यह कैसा मजबूरी थी जो उसे विधवा होकर भी सुहागन बनना पड़ा...और सुहागन होकर भी वह विधवा थी।

मां की जोर देने पर भी प्रकाश कल्पना को अपने साथ नहीं ले गया। कल्पना कुछ भी नहीं कह सकी। उसका दिल यह नहीं जान सका कि अब उसकी मांग क्या है? उसे क्या चाहिये? उसकी मंजिल क्या है? जब तक प्रकाश उसके समीप था वह अपना प्यार एक अज्ञात मंजिल की ओर ले जाने में सफल थी, परन्तु अब उसके जाते ही उसने अपने आपको बिल्कुल अकेला अनुभव किया। ऐसा लगता था मानो प्रकाश अपने साथ मंसूरी की रही-सही उदास सांसें भी ले गया है। यहां कुछ भी नहीं है। सब कुछ खोखला, जीवन से वंचित था।

प्रकाश के लिए वह अपरिचित थी, उससे दूर थी, फिर भी उसके मन में कितनी शांति थी। प्रकाश चला गया तो उसकी रही-सही आस भी टूट गई। वह उसका पति है, दूसरा पति, फिर भी कितनी निराशा लेकर यहां से गया है, केवल उसी की खातिर। उसके खोएपन को देखकर मां ने उसे प्रकाश के पास भेजना चाहा, उसे उदास देखकर उसने कई बार जिद की कि वह प्रकाश के पास कुछ दिन और रह ले परन्तु वह नहीं जा सकी। उसका दिल अब भी एक निर्णय करने में असमर्थ था। वह पापिन है, उसके गर्भ उसके पति की नहीं, एक पराए पुरुष की संतान है। वह पराया पुरुष यदि उसे कभी लेने आ गया तो? क्या? वह उससे इन्कार कर सकती है? क्या वह उसकी बांहों में नहीं रही? क्या वह विजय की आंखों में आंखें डालकर एक जीती-जागती वास्तविकता से मुकर सकती है? क्या वह देवतुल्य प्रकाश से वह कह सकेगी कि उसका दिल अब भी विजय के नाम से धड़कता है? विजय क्या है उसका? और प्रकाश? वह एक ऐसी समस्या में उलझ गई जिसकी एक भी कड़ी उसके हाथ में नहीं आ रही थी। भाग्य ने उसे उलझे हुए धागे के समान बना दिया था, जिसका किनारा पाना कठिन था। और इसीलिए वह प्रकाश के पास नहीं जा सकी। एक

निश्चय कर लेने से पहले वह इन गुत्थियों को पूर्णतया सुलझा लेना चाहती थी ताकि उसका जीवन अब किसी थपेड़े के लपेट में न आ सके। जीवन का एक किनारा तो अब उसे थाम ही लेना चाहिये।

प्रकाश का खत बराबर आता रहा-अत्यन्त ध्यान रखना, अधिक मत सोचना, यह बहुत नाजुक समय है, इसलिए स्वास्थ्य ठीक रहना चाहिये। मेरी ओर से निश्चित रहना, मैं तुमसे कभी कुछ नहीं मांगूंगा, तुम्हारी इच्छाएं, तुम्हारा ध्येय मेरी शरण में सुरक्षित है, जब चाहोगी स्वतन्त्र कर दूंगा, मैं यहां बहुत प्रसन्न हूं, आशा है मेरी अनुपस्थिति के कारण अब तुम्हें किसी प्रकार का भय नहीं रहेगा। पत्र में कितना अपनत्व था, और कितना परायापन। कितना प्रेम था और कितनी दूरी। उसे इतना प्यार करने के पश्चात् भी वह उससे दूर ही रहता है। उसकी आंखें छलक आतीं। क्रमशः पत्रों में कहीं-कहीं उसने चंद आंसुओं की बूंदें भी देखी थीं, जहां कहीं भी स्याही फीकी और फैली मिली। प्रकाश निश्चय ही उसके लिए रोता है। उसे चाहता है, परन्तु कह नहीं पाता। तड़पता है, परन्तु आह नहीं भर सकता। सिसकता है, परन्तु खुलकर रो नहीं सकता। उसने अपने दिल के दरवाजे बंद कर लिए हैं, ताकि वह उसकी धड़कनों की पुकार न सुन सके, मन ही आवाज उसने छिपा ली है। कितना अभागा है वह कि पत्नी के होते हुए भी संसार में अकेला है। हां, कोई भी तो नहीं है उसका। वह मन-ही-मन तड़प उठती। उसके प्रति सहानुभूति से उसका दिल भर आता। परन्तु वह कुछ कर भी तो नहीं सकती थी। उसकी सहानुभूति का प्रकाश कहीं गलत अनुमान न लगा बैठे। वह तो समझता है कि जिसे उसने शरण दी है वह विधवा है। उसकी अब कोई मंजिल नहीं-कोई ध्येय नहीं। वह किस प्रकार उसे अपनी हकीकत बताए? किस प्रकार उसे समझाए कि वह बहुत विश्वास से किसी और के लिए जा रही है। किसी को तलाश है उसे-और वह उसे मिलकर ही रहेगा। उसकी होने वाली संतान का पिता है वह और उससे उसका मिलन अत्यन्त आवश्यक है, वर्ना सब कुछ बर्बाद हो

जाएगा, लुट जाएगा, नष्ट हो जाएगा। प्रकाश के लिए वह कुछ भी नहीं कर सकती। हां, कुछ भी नहीं। कितनी असहाय है वह तूफानों में घिरी, थपेड़ों के बीच, भंवर में डूबी।

***

सुबह का समय था। नाश्ता करके वह लॉन में बैठी धूप सेक रही थी। अखबार हाथ में था, तभी पृष्ठ पलटते ही उसकी आंखें ठिठक गईं। अखबार हाथ से छूटते-छूटते बचा। नजरें एक तस्वीर पर चिपक कर रह गईं। विजय! उसका विजय। तो वह निर्णय अब अदालत ने दिया है? उसके होंठों से एक आह निकली। तस्वीर के नीचे लिखा था- ठाकुर नरेन्द्र प्रताप सिंह। बयान में लिखा था कि अपने पिता ठाकुर नरेन्द्र प्रताप सिंह की हत्या के अपराध में उसे आजीवन कारावास का दण्ड दिया गया है। लिखने को तो बहुत कुछ लिखा था, जिसे कल्पना ने आरंभ से अंत तक पढ़ा, तो उसकी आंखें भर आईं। मामला बहुत पेचीदा था, परन्तु फिर भी हर बात को देखते हुए विजय के अपराध स्वीकार कर लेने के कारण उसे मृत्यु दण्ड न देकर आजीवन कारावास दिया गया था।

उसने तय कर लिया कि वह विजय से मिलेगी। उससे बात करेगी कि जब वह जीवित है तो स्वयं भी जीवित रहकर सदा उसकी प्रतीक्षा करेगी। आखिर आजीवन कारावास होता ही कितना है। बीस वर्ष? केवल बीस वर्ष! प्यार करने वालों के लिए बीस वर्ष पलक झपकते ही बीत जाते हैं। परन्तु यह बीस वर्ष अब वह बितायेगी कहां? जब तक प्रकाश की मां जीवित है, उनकी तसल्ली के लिए तो वह उनके साथ रह सकती है, परन्तु इसके बाद? क्या प्रकाश को उससे कोई आशा नहीं, अपने निस्वार्थ प्यार के पीछे कोई स्वप्न नहीं? कितनी उम्मीदों पर वह जीवित है। कितना प्यार करता है वह उसको। वह समझता है कि कल्पना विधवा है। वह समझता है कि कल्पना उसकी पत्नी बन चुकी है। केवल दिल का मिलन बाकी है। यह किस प्रकार उसे समझाए? किस प्रकार अपनी वास्तविकता उसे बतलाए? वह तो पागल हो जाएगा। उसका दिल टूट जाएगा। उसने सोचा पहले वह विजय से भेंट करे-उससे राय ले कि उसे अब क्या करना चाहिये?

मां से प्रकाश के पास जाने का बहाना लेकर वह घर से निकल पड़ी। जयपुर की अदालत ने अपना निर्णय दिया था। वह सीधी जयपुर पहुंची। केन्द्रीय जेल पहुंचने में उसे कठिनाई नहीं हुई। अपराधियों से मिलने के लिए उनके सगे सम्बन्धियों का तांता-सा लगा हुआ था। वह भी उनमें सम्मिलित हुई।

विजय जेल की एक मोटी सलाखों के पीछे पत्थर की एक बेंच पर बैठा विचारों में डूबा बहुत खामोश था कि तभी दरवाजा खोलते हुए एक सिपाही ने उसे सूचना दी कि उससे मिलने कोई लड़की आई है।

लड़की! वह आश्चर्य से सोचता हुआ उठ खड़ा हुआ। एक बार विचार आया कि कल्पना के अतिरिक्त उससे मिलने और कौन आ सकता है? कल्पना-वह तो विवाहिता है, सुहागन है। पति के होते हुए उसे पराए पुरुष से मिलने की क्या आवश्यकता हो सकती है? सब कुछ तो उसने प्यार के पीछे बलि चढ़ा दिया। अब बचा भी क्या है उसके पास? भारी पगों से चलकर वह बाहर निकला। जेल की चारदीवारी के अंदर एक ओर पत्थर की एक बेंच पर कल्पना चुपचाप बैठी उसी की प्रतीक्षा कर रही थी। उसे देखते ही उठ खड़ी हुई। विजय उसके समीप आ गया। कल्पना ने विजय की ओर देखा तो उसके होंठ कांप गए। चेहरा कितना अधिक बदल गया था। आंखें धंसी, चारों ओर काले धब्बे दिखाई पड़ रहे थे। सिर के बाल लम्बे, दाढ़ी बढ़ी हुई फिर भी गालों की हड्डियां स्पष्ट दिखाई पड़ रही थी। आंखों में कैसी निराशा थी-निराशा में कितना गहरा अंधकार। उसका सब कुछ लुट गया। कल्पना का दिल तड़प उठा। मन हुआ उसकी छाती से लिपट जाये। उसके चरणों में अपनी जान दे दे।

'विजय...।' कल्पना केवल इतना ही कह सकी कि उसका गला भर आया। आंखों से आंसुओं की मोटी-मोटी बूंदें गालों पर ढुलक आई।

'कल्पना-।' उसकी स्थिति का विचार करके विजय के दिल को धक्का लगा, बांह थामते-थामते उसके हाथ रुक गये। कल्पना को छूने का अधिकार अब उसे बिल्कुल भी

नहीं रहा। कल्पना एक पराई स्त्री थी। मांग में सिंदूर होने के पश्चात् विधवा लग रही थी। बहुत कठिनाई से उसने अपने को संभालकर पूछा, 'कैसी हो?'

और कल्पना के होंठ कांप गये। उसकी पलकें भी कांपी। उसने ऐसी असहाय दृष्टि से विजय को देखा मानो आंखों ही आंखों में उसके सामने अपना सारा दुःख कह डालना चाहती हो।

'विनोद कैसा है कल्पना?' विजय कुछ समझ न सका, परन्तु उसका दिल फटा जा रहा था। उसने दूसरी बात छेड़ दी।

'वह अब संसार में नहीं रहे।' कल्पना की आंखों से आंसुओं की धार बह निकली।

'कल्पना।' विजय को विश्वास ही नहीं हुआ। उसने कल्पना की मांग के सिंदूर को देखा।

और कल्पना ने आंसुओं और सिसकियों के बीच उससे सारी आप बीती कह सुनाई। उसने बताया कि विनोद ने मरते समय उसे सब कुछ बता दिया था, परन्तु वह स्वयं कभी नहीं जान सका कि उसकी पत्नी किसी पराये पुरुष के बच्चे की मां है। कल्पना ने उसे प्रकरण के बारे में भी बताया-कैसी-कैसी परिस्थितियां आईं, कैसे उसका अचानक विवाह हो गया, अब वह क्यों मांग में सिंदूर लगाने पर विवश है, वह देवता है, उसकी इच्छा के विरुद्ध कभी कोई काम नहीं कर सकता, इत्यादि। विजय की आंखें भर आईं। कल्पना को उसने बांहों में थामा और वहीं बेंच पर बिठा दिया। अपने हाथ से उसके आंसू पोंछे और बहुत प्यार से उसकी आंखों में झांका। बादल ही बादल, गहरे और काले, जाने कब तक बरसते रहेंगे।

'कल्पना।' अपने दिल पर पत्थर रखकर वह बोला, 'भाग्य का लिखा कोई नहीं मिटा सकता। यदि मुझे मालूम होता कि विनोद का जीवन केवल इतने ही दिन का है, तो शायद वह अपराध अपने सिर पर कभी नहीं लेता। परन्तु किसी को तो मेरे खानदान में अपने बाप-दादों का तो प्रायश्चित करना ही था। अच्छा हुआ जो इसका भार मेरे ऊपर आ गया।

तुम्हें नहीं मालूम मेरे बाप-दादा अपनी दौलत के नशे में कितने चूर थे। शादी के बाद क्या तुम कभी सहन कर पाती कि प्रायश्चित करने की यह सजा, हमारी संतानों में से किसी को मिलें?'

कल्पना का दिल कांप उठा

'कल्पना।' विजय ने बात जारी रखी, 'जो कुछ भी हुआ इस पर न तुम्हारा बस था और न मेरा। अब तुम संसार और भगवान दोनों के सामने प्रकाश की धर्मपत्नी हो, तुम्हारी भलाई इसी में है कि तुम परिस्थितियों से समझौता करके प्रकाश की ही रहो। वह तुम्हें चाहता है। प्यार करता है।'

'नहीं-नहीं विजय।' कल्पना तड़प कर रो पड़ी। उसका हाथ पकड़कर उसने अपने गाल पर रख लिया, 'ऐसा नहीं हो सकता। ऐसा कभी नहीं हो सकता। मैं तुम्हारी हूं, केवल तुम्हारी। यदि मैं तुम्हें नहीं पा सकी तो अपनी जान दे दूंगी।'

'कल्पना।' विजय का दिल फट गया। हृदय में गहरी चुभन महसूस हुई। परन्तु उसने स्वयं को संभाला, 'मुझे आजीवन कारावास की सजा हुई है, पूरे बीस वर्ष मुझे जेल के अंदर सड़ना है। बीस वर्ष एक युग होता है। एक जीवन होता है। कल्पना इतने लम्बे युग में तो इंसान बदल जाता है, इंसान का दिल, दिमाग, उसका जीवन, सब कुछ बदल जाता है। कितने ही लोग इस युग में जन्म लेंगे, कितने ही उठ जायेंगे। शायद मैं भी बीस वर्ष से पहले...।'

'नहीं-नहीं विजय, ऐसा मत कहो।' कल्पना ने विजय के होंठों पर हाथ रख दिया, 'बीस वर्ष तो क्या, मैं सारा जीवन तुम्हारी प्रतीक्षा कर सकती हूं। लो, मैं अब प्रकाश के पास भी नहीं जाऊंगी। अकेली ही रह कर किसी प्रकार जीवन काट लूंगी, चाहे, इसके लिए किसी का दिल टूटे या विश्वास पर आंच आए।'

'कल्पना।' विजय ने उसका हाथ थामा। उसकी अंगुलियों पर अपनी अंगुलियां फेरते हुए वह बोला, 'जरा सोचा, कल को जब हमारी संतान पैदा होगी तो उसे एक आदर्श

पिता की आवश्यकता पड़ेगी, आदर्श पिता, जिसका जीवन बेदाग हो, जिस पर वह गर्व कर सके, उसे दिल की गहराई से सम्मान दे। यदि मुझे एक दो वर्ष की सजा होती, तो मैं तुमसे सहमत हो सकता था, तुम्हें कहीं लेकर चला जाता-कहीं दूर ताकि हमारी संतान को संदेह भी न हो सके कि उसका पिता कभी एक अपराधी था। परन्तु बीस वर्ष बाद तो वह सब कुछ समझने लगेगा। इन वर्षों में तुम ठोकरें खा-खाकर एक दिन विवश हो जाओगी कि अपने आपको समाज की भूखी नजरों के हवाले कर दो। तुम्हारे सुन्दर, सुडौल शरीर को यह समाज अपनी वासना की भूख मिटाने के लिए कुत्तों के समान नोंच-नोंच कर खा जाएगा। फिर जरा सोचो, हमारी संतान का क्या होगा। क्या तुम चाहती हो गली-गली भटक कर एक दिन बड़ा होते ही वह भी इन कुत्तों में सम्मिलित हो जाए? लोग उसका मजाक उड़ाएं, उस पर थूकें, उसको धरती का एक बोझ समझें?' विजय कोमलता के साथ उसके दिल में अपनी बातें उतारता रहा, 'कल्पना मेरी बात मानो, दूरदर्शिता से काम लो। इससे तुम्हारे जीवन को एक नया मार्ग मिलेगा, जिस पर चलते हुए एक दिन तुम निश्चय ही अनुभव करोगी कि तुम्हें तुम्हारी मंजिल मिल गई है। अपने लिए जीना भी कोई जीना है? अपने आपको सौंप दो। फिर तुम देखना वह अपने प्यार के प्रकाश में उस अंधकार को कभी विजय नहीं पाने देगा, जिसके अन्दर खोकर तुम्हें मेरी याद कांटों के समान कचोटती रहती है।'

'नहीं-नहीं विजय ऐसा नहीं हो सकता।' कल्पना उसके हाथों पर अपना माथा टेक कर बोली, 'मैं अपनी आन दे दूंगी, परन्तु तुम्हें कदापि नहीं छोड़ सकती। मैं मर जाऊंगी विजय और फिर जरा सोचो, मैं....मैं.. प्रकाश जैसे देवता को किस प्रकार धोखा दे सकती हूं कि मैं-मैं।'

'भूल जाओ कि तुमने कोई पाप किया है।' विजय ने नम्रता से कहा, 'तुम मेरे नहीं विनोद के होने वाले बच्चे की मां हो-अपने पति के बच्चे की मां! और अब तुम प्रकाश

की धर्मपत्नी हो। भारतीय नारी के लिए इससे बड़ा कोई पाप नहीं कि वह अपने पति के होते हुए एक पराए पुरुष का ध्यान करे।'

कल्पना के आंसू तेजी के साथ बहने लगे। वह तड़प कर बोली; ऐसा मत कहो विजय, ऐसा मत कहो। मैं मर जाऊंगी तुम्हारे बिना, मेरा विवाह तो केवल तुमसे हुआ है-आत्मिक विवाह। मैं यह किस प्रकार भूल सकती हूं कि...कि।' बिलखते हुए उसने अपना सिर विजय की छाती पर रख दिया।

'समय इसे संसार में हर घटना भुला देता है, कल्पना'। विजय ने आंसू पीकर कहा।

'मुझे अपने मार्ग से कोई नहीं हटा सकता।' कल्पना ने अपनी हिचकियों पर काबू पाकर दृढ़ता के साथ कहा-मैं तुम्हारी हूं जीवनभर तुम्हारी प्रतीक्षा करूंगी। बीस साल तो क्या सात जन्म भी तुम्हारी प्रतीक्षा की भेंट चढ़ा सकती हूं। मेरा विश्वास करो विजय।'

सहसा जेल में घंटी बजी। मिलने का समय समाप्त हो गया। लोग अपने-अपने सम्बन्धियों को घर से लाए पकवान शीघ्रता से खिलाने लगे, विदा होते समय सभी की आंखें नम थीं।

'कल्पना।' विजय ने उसे अलग किया। उसकी आंखें पोंछी। उसके गीले गालों का हथेली से साफ किया और बोला, 'आज मैं यहां हूं। कल मुझे किसी ओर प्रदेश की जेल में भेज दिया जाएगा, परसों कहीं ओर। इस प्रकार जब मैं तुम्हारी नजरों से दूर होता रहूंगा, तो समय स्वयं ही तुम्हारे दिल पर एक सब्र का पत्थर रख देगा। तुम विवश हो जाओगी कि अपनी संतान के लिए अपना सब कुछ न्यौछावर कर दो।'

'यह तो समय आने पर ही पता चलेगा विजय।' कल्पना चलने को तैयार हुई। जाते-जाते भी उसने कहा, 'याद रखना, मरते दम तक भी मेरे होंठों पर तुम्हारा ही नाम रहेगा। तुम्हें मेरी सौगन्ध इस बात का विश्वास रखना कि मैं जहां भी रहूंगी, इसी विश्वास पर यह बीस वर्ष का युग केवल कुछ ही दिन का होकर रह जाएगा। मैं तुम्हें चाहती हूं-केवल तुम्हें और तुम्हें पाकर ही रहूंगी।'

कल्पना की बातों में कितना विश्वास था-कितना अटल विश्वास। विजय ने सोचा, कल्पना ने इसी प्रकार के विश्वास का सहारा लेकर शायद उसकी सजा के दिन कम हो जायें।

विजय कुछ नहीं बोला। कल्पना की बात पर गौर करता ही रह गया। उसे छोड़ने के लिए वह कुछ कदम साथ चला। फिर कल्पना बड़े गेट से होकर दूसरों के साथ बाहर निकल गई उसने एक गहरी आह भरी और सिर झुका लिया।

***

कल्पना अपने घर पहुंची-अपने पति के घर। तब शाम का धुंधलका गहरा हो रहा था। प्रकाश नहीं था। नौकर से पता चला कि वह प्रायः हर रात ही बहुत देर से आते हैं। रात-रात भर शराब पीते हैं। बेसुध होकर जीवन-व्यतीत कर रहे हैं। ऐसा तो उन्होंने कभी नहीं किया था, परन्तु इस बार जब से आए हैं, वह यही सब कर रहे हैं। जाने क्यों? कल्पना चुप रह गई। प्रकाश पर उसे दया आई। उसने तय कर लिया वह उसको सुधारेगी। जिसने उसे नया जीवन दिया है उसको इस प्रकार कदापि बर्बाद नहीं होने देगी। वह उसे अपने बारे में स्पष्ट रूप से बता देगी कि वह उसकी नहीं हो सकती। वह बहुत दयालु है। खुद चोट बर्दाश्त कर लेगा, परन्तु दूसरों को कभी आघात नहीं पहुंचने देगा। उसने घर का पूर्णतया निरीक्षण किया। जंगल का किनारा, झील का तट, दूर तक इसके दोनों ओर सफेद चट्टानें ही चट्टानें थीं-सफेद संगमरमर समान चट्टानें जिसके समक्ष उसका यह फ्लैट था-फ्लैट नहीं कोठी। शायद स्वतन्त्रता से पहले यह किसी राजा की तफरीहगाह रही होगी। कई एक छोटे-बड़े कमरे। बड़े रूम में एक ओर कल्पना की तस्वीर भी टंगी थी-उसके विवाह की तस्वीर, प्रकाश के साथ वह दुल्हन बनी हुई खड़ी थी। कुछ पलों तक वह उसी को देखती रह गई।

रात आरंभ होने से पूर्व अचानक ही बहुत बड़ा तूफान आया। खूब वर्षा हुई। हवाओं की सनसनाहट से जंगल का वातावरण और भी भयानक हो चला था। प्रकाश की जीप जैसे ही चारदीवारी में प्रविष्ट हुई, वह अपने को छिपाकर एक खिड़की पर आ खड़ी हुई।

उसने देखा, प्रकाश पानी से तर लड़खड़ाता हुआ जीप से उतरने के बाद बरामदे से होकर अन्दर पहुंचा। शीशे की बड़ी अलमारी उसने शराब की एक बोतल निकाली। गटागट कई घूंट उसी प्रकार पीने के बाद वह कुछ लड़खड़ाया फिर बेडरूम में प्रविष्ट हुआ। बन्दूक एक ओर फेंकी और कल्पना की तस्वीर के पास आया। कल्पना की तस्वीर को चूमा और फिर उसे दीवानों के समान देखने लगा। तस्वीर को टांगकर वह पलंग पर आया और उसी प्रकार पानी से भीगा हुआ लेट गया। एक ही पल में उसकी आंखें बंद हो गईं और वह गहरी-गहरी सांसें लेने लगा ।

कल्पना उसके समीप आकर खड़ी हो गई। प्रकाश की अवस्था पर उसका दिल कांप गया।

तभी कमरे में एक नौकर ने प्रवेश किया। ‘बहू रानी...।’ वह बोला, ‘बस यही अवस्था इनकी रोज की है। कुछ खाते भी नहीं, केवल शराब, शराब। जाने क्या रोग इन्हें लग गया है?’

कल्पना कुछ नहीं बोली। उसी प्रकार खड़ी सोचती रही कि उसे क्या करना चाहिये। फिर उसने नौकर की ओर देखा। बूढ़ा नौकर उसको बहुत आश्चर्य से देख रहा था, मानो कल्पना पर प्रकाश की पत्नी होने का उसे संदेह हो रहा हो। उसका मन रखने के लिए कल्पना ने प्रकाश के सिर पर हाथ फेरा। परन्तु तभी वह चौंक पड़ी। उफ! उसका शरीर तो बर्फ के समान ठंडा हो रहा था। वह घबरा गई।

‘यह...यह बेहोश हो गए हैं रामू।’ वह झट बोली।

‘जी?’ रामू ने भी लपककर प्रकाश का शरीर छुआ। वह भी घबरा गया, ‘बहू रानी आप इन्हें संभालिए मैं तेल गर्म करके लाला हूं।’

कल्पना ऊपर से नीचे तक कांप गई। वह कहां आकर फंस गई। आखिर यह सब क्या होने वाला है?

'ठहरो रामू...।' अपना दामन बचाकर उसने झट कहा, 'तुम इनका शरीर पोंछ दो, कपड़े बदल दो। तेल मैं गर्म कर लाती हूं।

'जी?' रामू चकराया, 'यह काम तो आपका है बहू रानी। मैं तो इस घर का नौकर हूं। पति की सेवा करने का अवसर बार-बार किसी को थोड़े ही मिलता है।' उसकी आज्ञा की प्रतीक्षा किए बिना ही वह बाहर निकल गया।

अब? कल्पना एक उलझन में पड़ गई। प्रकाश को यदि सहायता नहीं पहुंचाई तो अवस्था बिगड़ सकती है। यूं इस जंगल में ठण्ड बढ़ती ही जा रही है। मजबूरी के सामने उसने घुटने टेक दिए। यदि वह इस समय जरा भी सकुचायेगी, तो उसका भेद खुल सकता है। उसने प्रकाश के बूट उतारे। कोट उतारा, टाई और कमीज उतारी। फिर कुछ पल के लिए अंधकार कर दिया। फिर कुछ पलों बाद प्रकाश के तन पर लिहाफ डालकर लाइट ऑन की। तभी रामू ने कमरे में प्रवेश किया।

'यह लीजिए बहू रानी।' तेल की कटोरी उसकी ओर बढ़ाकर रामू ने कहा, 'सरकार के शरीर पर इसे अच्छी तरह मल दीजिए वर्ना ठंड लग जाएगी। मैं तब तक कॉफी तैयार करता हूं।' और फिर एक छोटी टेबल पलंग के समीप खींचने के बाद उस पर कटोरी रखकर वह चला गया।

कल्पना की जबान ही बंद हो गई। सांस तेजी के साथ चलने लगी। यह सब क्या हो रहा है? अब? वह किस प्रकार इस मुश्किल से छुटकारा पाए? कैसे अपना दामन बचाए? यह कैसा भंवर है जिसमें वह डूबती ही जा रही है, न चाहते हुए भी गिरती ही जा रही है? प्रकाश! कितनी असावधानी से अपने निःस्वार्थ प्यार के कारण उसके मन पर विजय पा लेना चाहता है। कुछ सोचकर उसने बत्ती फिर बुझाई। पलंग पर प्रकाश के समीप बैठ गई और कटोरी की टेबल समीप सरका ली। नारी क्या है? और नारी का मन? दोनों ही ऐसी वस्तुएं हैं, जिन पर उसका कोई अधिकार नहीं। हर उस मजबूरी के सामने वह घुटने टेक देती है जिससे जर भी उसकी मान-मर्यादा पर आंच आने का डर हो।

सवेरे चिड़ियों की चूं-चूं और कौवों की कांव-कांव से जब प्रकाश की आंख खुली, तो धूप चढ़ आई थी। खिड़की के बंद शीशों द्वारा वह कमरे में प्रवेश कर रही थी? फिर हवाओं में रात का भीगापन था। करवट लेते हुए उसने देखा , समीप की एक टेबल, कटोरी, खाली प्याला। वह झट उठकर बैठ गया, तो अपने कपड़ों को उसने देखा। आश्चर्य से इधर-उधर देखने लगा, परन्तु जब कोई दिखाई नहीं दिया तो वह नीचे उतरकर खड़ा हो गया। दूसरे कमरे में प्रवेश किया तो एक पलंग पर कल्पना अपने शरीर पर कम्बल डाले गहरी नींद में डूबी हुई थी। उसे विश्वास ही नहीं हुआ। वह किचन की ओर लपका। रामू नाश्ता बनाने में व्यस्त था।

'रामू.....।' उसने आश्चर्य से पूछा, 'वह...वह.....।'

'कौन बहूरानी?' रामू ने अंडा फेंटते हुए कहा, 'वह तो कल ही शाम को आ गई थीं।'

'कल ही शाम को?'

'हां सरकार...।' रामू बोला, 'आप तो आते ही बेहोश हो गए इसलिए भेंट नहीं हुई।'

प्रकाश चुप हो गया। कुछ पल सोचता रहा, फिर पूछा, 'और यह सब, मेरा मतलब मेरे कपड़े....।'

बहूरानी ने बदले हैं। उन्हीं ने आपके शरीर पर तेल भी मला था...।' और तभी रामू कहते-कहते रुक गया।

कमरे में अचानक कल्पना प्रविष्ट हो चुकी थी। प्रकाश को देखकर वह ठिठक गई। लज्जा से उसकी आंखें झुक गईं। वहीं खड़ी-खड़ी वह चप्पल के अन्दर अपना अंगूठा मरोड़ने लगी। एक पल के लिए प्रकाश लज्जित हो गया। कल्पना को देखकर उसने भी अपनी आंखें नीचे कर लीं-मानो उससे कोई बड़ा अपराध हो गया है। उसके समीप पहुंचकर प्रकाश एक पल खड़ा उसे देखता रहा। यह सपना था या वास्तविकता? और फिर बिना कुछ कहे ही वह किचन से बाहर निकल गया। कल्पना ने संतोष की एक गहरी सांस ली और रसोई संभालने लगी।

'देर से सोई थी इसलिए जल्दी उठ न सकी।' वह अपने आप ही रामू से बोली। परन्तु मन में सोचने लगी कि यदि उसे मालूम होता कि प्रकाश यहां है तो वह इधर कदापि न आती। प्रकाश ने अपने मन में उसके प्रति जाने कैसा सपना देख लिया हो?

प्रकाश अब कम ही घर से बाहर निकलता। जब भी आता तो कल्पना केवल एक साए के समान ही उसकी आंखों से चिपकी रहती। दोनों ही यहां स्वतन्त्र थे, मां का डर नहीं था, फिर भी जाने क्या ताकत थी कि आपस में दूर रहने के पश्चात् भी वह एक-दूसरे के समीप आते गए। कल्पना को यह वातावरण बहुत पसन्द आया। यहां के सुन्दर दृश्य को देखकर वह खो जाती। जिस जंगल के अकेले जीवन से आरंभ से ही घृणा थी, उसमें खोकर वह अपना सारा अतीत ही भूल जाती। ऐसा प्रतीत होता मानो उसके घाव पर किसी ने फाहा रख दिया है। यह मन की कमजोरी थी या जीने की लगन, वह समझ न सकी। यह प्रकाश की समीपता के कारण भी हो सकता है क्योंकि दिन-प्रतिदिन प्रकाश के त्याग को देखते हुए उसके मन में सहानुभूति के साथ एक हल्की-सी मिठास का दीपक जल उठा था। इस दीपक के प्रकाश में उसने यह महसूस किया था कि उसके मन के अन्दर समाया पिछले जीवन का अंधकार छिप चला है। वह प्रकाश से उसे बहुत अच्छा लगा- इस प्रकाश में वह स्पष्ट तौर से अपनी होने वाली संतान का भविष्य उज्जवल देख रही थी।

और यह प्रकाश कुछ माह पश्चात् ही इतनी तीव्र हो गया कि उसकी आंखें चौंधियाने लगी। उन दिनों प्रकाश के साथ वह देहरादून भी गई थी। मां भी आ गई। अस्पताल में उसने एक नन्ही मुन्नी-सी गुड़िया को जन्म दिया। उस रात वह बहुत रोई। विजय बार-बार उसे याद आता रहा। यदि वह होता तो उसकी छाती से लगकर वह अपना प्राण त्याग देती। परन्तु जब सुबह हुई तो उसका दिल रात भर के बहे आंसुओं से धुलकर हल्का हो चुका था। प्रकाश बहुत प्रसन्न था, जिसकी उसने आशा तक नहीं की थी। एक पल के लिए भी उसने यह प्रकट नहीं होने दिया कि यह बच्ची उसकी अपनी नहीं है। कल्पना स्तब्ध रह गई।

उन दिनों प्रकाश ने लम्बी छुट्टी ली और कल्पना की खूब सेवा की। उसके समीप रहकर उसने उसके स्वास्थ्य का इतना अधिक ध्यान रखा कि वह एक अज्ञात प्यार के बोझ तले दबती चली गई। मुन्नी के लिए भी उसने इतनी सारी वस्तुएं लाकर सामने रख दीं कि कल्पना देखती ही रह गई।

'यह सारी वस्तुएं मैंने पहले से ही जुटा रखी थीं...।' प्रकाश ने उसे बताया, 'मेरी मुन्नी उनसे खेलेगी-खड़ी होगी-फिर मेरे जीने का सहारा बनेगी...।' प्रकाश ने बच्ची को झुककर चूम लिया, परन्तु इतना कहते-कहते उसका स्वर भीग गया था।

कल्पना उसकी बात का अर्थ ढूंढने लगी। प्रकाश! उसके होंठों पर आह उभर आई। प्रकाश की छाती में प्यार का कितना गहरा सागर है!

समय की गति के साथ मां के पूरे दिन हो गए तो कल्पना सदा के लिए प्रकाश के पास आ गई। मुन्नी, मुन्नी से पप्पी बनी। एक साल, दो साल और फिर पप्पी तीन साल को होने को आई। उसकी बात इतनी प्यारी थी कि प्रकाश के तपते हुए दिल पर पानी के छींटे पड़ जाते। इन तीन वर्षों में प्रकाश ने कल्पना के समीप रह कर पप्पी के सहारे सब्र से जीना सीख लिया था। अब वह कल्पना से बात भी करता तो उदास नहीं होता। उसकी आंखें नहीं भीगतीं थीं। वह कुछ मांगता भी नहीं था। केवल पप्पी में खोया रहता जैसे अब वही उसका संसार थीं। हर स्थान पर उसको लिए हुए बात-बात पर चूम लेता। कल्पना सब कुछ देखती, परन्तु चुप रहती। उससे एक बात स्पष्ट दिखाई पड़ती। सब कुछ होते हुए भी प्रकाश का जीवन नीरस है। उसकी आंखों की चमक की पीछे दर्द का अंधकार है। होंठों पर मुस्कान में कहीं न कहीं तड़प छिपी है।

इन तीन वर्षों में पप्पी का सहारा पाकर वह स्वयं भी विजय की याद से अधिक प्रभावित नहीं हो सकी। उसे काफी सीमा तक वह भूल चली थी। प्रकाश की खामोशी अब उसके अकेलेपन को काटने लगी थी। प्रकाश को अब वह पूर्णतया पप्पी के साथ

मगन देखती, तो अपने जीवन में उसे एक कमी महसूस होती। वह दिल से इच्छा करती कि प्रकाश उससे भी बातें करे। उसका मन भी बहलाए। अपने साथ उसे भी ले जाया करे। जिस प्रकार वह पहले उसके समीप रहने का बहाना ढूंढ़ा करता था, वैसा अब भी करे। प्रकाश की उसकी प्रति निश्चिंतता एक भार बनती जा रही थी। पप्पी तो प्रकाश को यूं प्यार करने लगी मानो उसके शरीर में उसी का रक्त है।

और एक दिन अपने मन की यह खामोश ज्वाला फूटकर अपने आप ही बाहर आने को भभक उठी। कब तक अपने आपको धोखा देती कि जिस राह पर वह चल रही है, वहां एक युग बीतने के बाद निश्चय ही उसकी मंजिल उसे मिलेगी। आखिर पप्पी का भी तो कुछ भविष्य है। और फिर उसका अपना अस्तित्व, अपनी जिन्दगी, अपनी खुशिंया न सही, प्रकाश का तो कुछ महत्व है। यह दिल की कैसी पुकार थी जिसके सहारे वह अपने आपको झूठी तसल्ली दे रही है? क्या प्रकाश में उसकी अपनी कोई रूचि नहीं? क्या इतने वर्षों से उसके प्रति मन के अन्दर केवल सहानुभूति का ही दीपक जल रहा है? इसके पीछे प्यार का कोई प्रकाश नहीं? प्रकाश के प्रति भी तो कोई लक्ष्य होना चाहिये। वह क्या, क्या है? पप्पी क्या है? और प्रकाश क्या है? तीनों अलग-अलग? क्या वह तीनों को अपने लिए न सही पप्पी के लिए एक ही स्थान पर इकट्ठा नहीं कर सकती? पप्पी? उसकी अपनी बेटी। प्रकाश पप्पी का पिता और-उसका पति! हां-हां, प्रकाश उसका पति ही तो है। अग्नि का सात फेरों का बंधन तोड़कर लाज की सीमा से बाहर जाने वाली नारी को न भगवान, न समाज, कोई भी क्षमा नहीं कर सकता है। एक नारी का एक ही पति होता है और पति के जीते जी किसी पराये पुरुष का विचार तक लाना उसके लिए पाप है। मन की जाने कैसी यह आवाज थी, झूठी या सच्ची, परन्तु उसके दिल की शांति देने के पक्ष में अवश्य थीं। और उसने इसे अपना लेने में ही अपनी, पप्पी और प्रकाश की भलाई समझी।

रात अपने यौवन पर थी। पलंग पर लेटी वह बहुत बेचैनी से अपने निर्णय पर गौर करती हुई करवटें बदल रही थी कि सहसा उसने देखा, प्रकाश के कमरे की बत्ती जली।

प्रकाश पप्पी को गोद में लिए किचन की ओर बढ़ा तो वह भी अपने पलंग से उठकर दबे पांव पीछे हो ली। प्रकाश ने किचन में स्टोव जलाया। पप्पी को गोद में लिए ही उसने दूध गर्म किया। फिर चीनी मिलाकर उसे पिलाने लगा। ऐसा वह प्रायः किया करता था, जब कभी भी पप्पी भूख के कारण उसे जगा देती थी। प्रकाश के ही साथ वह सोती भी थी। पप्पी के हृदय में भी अपनी मां से अधिक प्रकाश के लिए ही प्यार था। दूध पिलाने के पश्चात् प्रकाश ने लाईट बुझाई और अपने कमरे में पहुंचा। परन्तु तभी चौंक पड़ा। कल्पना सिर नीचा किए उसके पलंग पर बैठी हुई थी।

'कल्पना....।' प्रकाश ने आश्चर्य से पूछना चाहा।

कल्पना कुछ न बोली। आंखें उसी प्रकार झुकाए रही, जैसे उससे अनजाने में ही कोई पाप हो गया है।

'मुझसे कुछ काम है क्या?' प्रकाश और समीप आया।

कल्पना तब भी कुछ नहीं बोली। अपने होंठ काटने लगी मानो दिल के अंदर दर्द उठ रहा हो।

'मुझसे कोई भूल हुई है क्या?' प्रकाश पप्पी को गोद में लिए उसके समीप बैठ गया।

कल्पना ने अपना मुखड़ा ऊपर उठाया। उफ! उसकी आंखों में आंसू थे। उसका दिल फट गया। कुछ समझ नहीं सका कि इसका मूल्य वह किस प्रकार चुकाये। कल्पना के दिल में क्या है कांपते होंठों के पीछे कैसा संदेश है। उसने कल्पना की आंखों में पढ़ा-बहुत ध्यान से। नज़रों ही नज़रों में वह मानो उससे कह रही थी-हां-हां, अपराध ही हुआ है तुमसे। यह अपराध नहीं तो क्या है कि मैं घर में अकेली पड़ी सोचती रहूं और तुम हो कि तुम्हें पप्पी से समय ही नहीं मिलता। आखिर मैं भी एक इंसान हूं, नारी हूं, क्या तुम चाहते हो कि मैं अपने दिल का सारा हाल स्वयं आगे होकर जबान से खोल दूं?

और तभी कल्पना के होंठ भी फड़फड़ा उठे। सिसकियां लेने लगी। पलकों में ठहरे आंसू गालों पर ढुलक आए। उसने प्रकाश का हाथ पकड़ा और रोती हुई बोली, 'मेरे नाथ

मुझे अपना लो, मुझे अपना लो मेरे नाथ, वरना मैं मर जाऊंगी-मेरा दम घुट जाएगा-मुझे अपनी छाती में छिपा लो-।' और फिर वह बिलख पड़ी।

प्रकाश स्तब्ध रह गया। अपने कानों पर उसे विश्वास ही नही हुआ। उसे कल्पना की अवस्था को देखा, समझा, परखा और फिर पप्पी को पलंग पर लिटाकर उसने कल्पना को अपनी छाती पर खींच लिया। उसे बांहों में समाकर बार-बार इस प्रकार चूमने लगा मानो वर्षों से भटके तथा प्यासे राही को एक ठंडी झील प्राप्त हो गई हो। कल्पना उसकी बांहों में बंधी, छाती पर सिर रखकर बहुत देर तक सिसकियां लेती रही। प्रकाश की सांसों का स्पर्श पाकर उसे ऐसा महसूस हुआ मानो जीवन का सारा दाग धुल गया हो, गम का सारा पहाड़ कट गया हो, उसकी मंजिल यही है, प्रकाश-केवल प्रकाश, जिसके साथ उसका जन्म-जन्मान्तर का साथ है।

लगभग दो बजे कल्पना की आंख खुली। जाने कब वह सिसकते-सिसकते उसी प्रकार प्रकाश की गोद में सो गई थी। प्रकाश अब भी उसी प्रकार अब भी उसी प्रकार बैठा हुआ सामने की खिड़की में चन्द्रमा को बहुत खामोशी से देख रहा था, जो शायद बीसवीं या इक्कीसवीं का था। फिर भी इसके झाग से सफेद चट्टानों पर दूर तक सुनहरा प्रकाश बिखरा हुआ था। कल्पना उठ बैठी तो प्रकाश ने उसकी भीगी पलकें साफ की। उसके गाल को चूमा। होंठों पर एक हल्का-सा चुम्बन दिया। उसके मस्तक पर छाई लटों को पीछे हटाया।

'आज की रात कितनी सुहावनी है?' उसने कहा।

और कल्पना खिड़की से बाहर देखने लगी।

'आओ चलो, आज हम झील की सैर करें, खूब दूर-दूर तक घूमने चलेंगें।

'इतनी रात में?'

'भगवान करे, यह रात कभी समाप्त न हो।' प्रकाश ने उसकी आंखों में झांका।

'क्यों....?' कल्पना ने पूछा।

‘आज हनीमून है न।’ प्रकाश ने कल्पना की आंखों में डूब जाना चाहा।

और कल्पना लजा गई। एक नई-नवेली दुल्हन के समान लजा कर वह प्रकाश की छाती में अपना गुलाबी मुखड़ा छिपाने का प्रयत्न करने लगी। प्रकाश के गालों पर अपनी हथेलियां रखी और मुखड़ा सामने करके उसे बहुत प्यार से देखा, जैसे वर्षों से साथ रहकर कल्पना को निरन्तर देखते रहने से भी उसकी प्यास नहीं बुझी थी।

‘अभी नही-।’ कल्पना ने बहुत धीमे स्वर में कहा, बहुत प्यार से मानो आवाज खुशियों के आंसू में तर थी, ‘पूर्णमासी के दिन, जब-जब पप्पी की तीसरी वर्षगांठ होगी। शुभ काम शुभ अवसर पर ही होना चाहिये।’ और फिर कल्पना खुद ही दोहरी होकर उसकी गोद में गिर पड़ी।

प्रकाश के दिल में खुशियों के हज़ारों फूल खिल उठे।

‘इस बार हम पप्पी का जन्म-दिवस बहुत ही धूमधाम से मनाएंगें।’ प्रकाश उसके बालों से खेलता हुआ बोला, ‘ इस बार मैं शहर के अपने सारे मित्रों को बुलाऊंगा। कितने यार दोस्तों से मिले एक अरसा हो गया है। किसी से मिलने का मन ही नहीं करता था।’

‘मन होता तब न?’ कल्पना ने मुस्कराकर कहा।

‘हां। प्रकाश खिलखिलाकर बोला, ‘मन था ही नहीं, अब आ गया है। मन को सब कुछ मिल चुका है। वह खुशी, वह शांति, वह जिंदगी का खजाना, जिसके लिए मैं एक युग से तड़प रहा था।’ प्रकाश ने कल्पना की आंखों में झांका, बात उसने जारी रखी, ‘पप्पी के जन्म-दिवस के बहाने हम दोनों उत्सव एक साथ मना लेंगे, यह बात केवल हमारे-तुम्हारे बीच ही रहेगी। हूं?

कल्पना धीरे से मुस्करा दी।

‘उस दिन तुम खूब बन-संवर कर रहना, बिल्कुल एक दुल्हन के समान।’ प्रकाश ने फिर कहा, ‘ अपने विवाह पर तुम्हें दुल्हन के रूप में अवश्य देखा था, परन्तु वह बात नहीं

थी जो अब होगी। जीवन में पहली बार तुम्हें इतनी अधिक सुन्दर पाकर कहीं मेरा दम ही न निकल जाग। सच मानो कल्पना तुम बन-संवर कर हंसता हुआ देखने के लिए मेरी आंखें तरस रही थीं। तुम बहुत सुन्दर हो-बहुत अधिक! निश्चय ही भगवान ने तुम्हें कोई विशेष चुनकर ही बनाया होगा। वह दिन कितना खूबसूरत होगा जब पप्पी का जन्म-दिवस हम मनायेंगे। वह रात कितनी प्यारी रात होगी, जिसे हम अपने जीवन में सबसे अधिक महत्व देंगे।'

परन्तु कल्पना उत्तर देने के बजाय उसकी गोद में मुखड़ा छिपाकर सिमटती चली गई।

इतना सब कुछ कल्पना की जीवन में अचानक ही बीत गया, तूफान के समान। पप्पी की वर्षगांठ समीप होते-होते कल्पना प्रकाश के बिल्कुल समीप खिंच आई, इस बहाव के साथ कि अब वह उससे जरा भी अलग नहीं होना चाहती थी। परन्तु कुछ ही दिन पहले, जब एक शाम उसने अचानक ही एक अकेले पक्षी को झील के किनारे के समीप उभरे हुए एक पत्थर पर बैठे देखा तो उसके सोए विचारों में हलचल उत्पन्न हो गई थी। विजय की याद धधकी आग के समान उसकी छाती पर तड़प उठी थी। अंगारे धधक गये थे। एक पक्षी का उसके जीवन में कितना अधिक महत्व था और उसकी खामोशी में खामोश हो गई, उसकी चिन्ता में वह स्वयं डूब गई थी। विजय किस कदर अभागा मनुष्य है। बीस वर्ष बाद उसका जीवन भी इसी पक्षी के समान बिल्कुल अकेला हो जाएगा। वह भी जब अपनी कल्पना से निराश हो जाएगा तो इसी प्रकार कहीं अकेले बैठ कर बहुत खामोशी से सिसकता रहेगा। सिसकियां शायद उसके जीवन में ही लिखी हैं। निराशा को वह आरंभ से ही अपनाता चला आया है।

अब वह प्रकाश की पत्नी है। उसके आगे स्वयं को हार कर अब वह जरा भी विजय के बारे में नहीं सोचना चाहती थी। परन्तु यह पक्षी, यह अकेला पक्षी शायद उसके दिल से वह सारी शांति छीन लेना चाहता है, जिसको अपनाने के लिए वह आंख बंद कर के प्रकाश की ओर दौड़ चली थी। पप्पी के जन्म-दिवस के बाद तो उसके जीवन में अब एक नया ही इंकलाब आने वाला है।

दो

यह रात, यह अन्तिम रात कितनी लम्बी है, किस कदर काली, किस कदर क्रूर है। टलने का नाम ही नहीं लेती। ऐसा लगता है मानो अब कभी सुबह नहीं होगी। चारों ओर अंधकार केवल कहीं-कहीं ही बिजली का धुंधला प्रकाश था। ऐसी ही खामोशी भी थी। यह खामोशी उस समय भंग हो जाती जब जेल का पहरेदार एक लम्बी खूंखार के साथ आवाज लगाकर खामोश हो जाता था और तब जेल की दीवारों के अंदर, सलाखों के पीछे कोठरी में बंद, एक कोने में पत्थर की बेंच पर बैठे-बैठे विजय चौंक जाता। आज की रात वह एक पल भी नहीं सो सका। गर्दन उठाते हुए वह रोशनदान के बाहर बहुत बेचैनी से नजर दौड़ा कर सुबह की फूटती किरणें तलाश करने लगता मानो आने वाले दिन की उसे बहुत बेचैनी से प्रतीक्षा है, परन्तु आकाश पर कुछेक तारों को देखकर उसकी आंखों में निराशा छा जाती।

रोशनदान पर ही एक छोटे-से पक्षी का घोंसला भी था-तिनके इधर-उधर बिखरकर क्षितिज की सीध में बिल्कुल स्पष्ट दिखाई पड़ रहे थे । आज से कई दिनों पहले उसकी दृष्टि के सामने ही इस घोंसले को दो पक्षियों ने एक-एक तिनका चुनकर बनाया था। फिर सूर्यास्त होते ही तीनों आकर इसमें बैठ जाते थे। चूं-चूं-चूं-चूं, यही एक स्वर जब इनके मुंह से सुनता तो अपने जीवन से इनका मेल करके उसका मन भर आता था। परन्तु कुछ दिन पहले जब एक रात उसने देखा कि केवल एक ही पक्षी उस नीड़ में है तो उसकी चिन्ता बढ़ी। फिर उसे दूसरे सारे दिन ही और सारी शाम न पाकर उसने विचार किया था कि जोड़े का एक पक्षी किसी शिकारी के हाथ जा लगा है। यह अकेला पक्षी अब उसका जीवन था-उसके समय काटने का एक सहारा था। जेल के अंदर एक किनारे पर रखी हुई लालटेन उसके जीवन के समान सिसक रही थी। यह लालटेन सुबह होते-होते स्वयं ही बुझ जाएगी-उसका जीवन ही इतना है, लेकिन उसके जीवन में यह बात नहीं थीं। सुबह

होते ही उसे जीवन का एक नया प्रकाश मिलेगा। इसीलिए तो वह इस अंतिम रात के कट जाने की बहुत बेचैनी से प्रतीक्षा कर रहा है।

उसे आजीवन कारावास हुआ था-पूरे बीस वर्ष की सजा, एक खून के जुर्म में। खून! नाम से दिल कांप जाता है। वह एक खूनी था-अपने पिता का हत्यारा। उसने अपना अपराध स्वीकार करते हुए कहा था, 'हां, मैं हत्यारा हूं। मुझे पूरी-पूरी सजा मिलनी चाहिये।' और उसे सजा दी गई-आजीवन कारावास। आज जेल की चहारदीवारी में सजा काटते हुए उसे लगभग साढ़े तीन वर्ष हो रहे थे। इन साढ़े तीन वर्षों में कहां-कहां उसका तबादला होता रहा, उसे यह भी याद नहीं। परन्तु तभी गांधी शताब्दी आ गई। गांधी शताब्दी! महात्मा गांधी के अनमोल आदर्शों को सम्मान देने के लिए सरकार ने कौन-सा पग नहीं उठाया? और इस पग में उसकी जीवन भी आ गया। जेलर साहब ने उसके अच्छे चाल-चलन और सदा खामोश रहने वाली आदत के पीछे इंसानियत का जज़्बा देखकर सरकार ने उसकी मुक्ति का आदेश-पत्र प्राप्त कर लिया था। आज रात बारह बजे के बाद से अक्तूबर 2, 1969 ई. आरंभ हो चुकी है। सुबह होते ही उसे सदा के लिए रिहा कर दिया जाएगा। इस रिहाई में वह अकेला नहीं, और भी भाग्यवान है-भयानक चोर और डाकू, लुटेरे और हत्यारे, परन्तु सभी को उनके चाल-चलन और पश्चाताप को सामने रखकर रिहाई दी गई है।

अक्तूबर 2, 1969 ई. उसके जीवन में एक नया सवेरा लेकर आ रहा है, परन्तु क्या इस सवेरे में पूर्व जैसा प्रकाश उसे मिल सकेगा? क्या समाज उसे स्वीकार कर सकेगा? परन्तु उसे समाज का जरा भी भय नहीं था। उसे तो स्वीकार करने के लिए किसी की नर्म और गुदाज बांहें बहुत दिन से फड़क रही है। कल्पना? उसके होंठों पर एक आह आई। कहां होगी वह? कितने दिन से उसने देखा भी नहीं। परन्तु वह जहां कहीं भी होगी, उसकी प्रतीक्षा अवश्य कर रही होगी। हां अवश्य ही। उसने वचन दिया था, वह बीस वर्ष तो क्या, सात जन्म तक उसकी राह देखना नहीं छोड़ेगी। वह उसकी आत्मा है-उसके बच्चे की मां

है। बच्चा-लड़की होगी या लड़का? वह कुछ अनुमान नहीं लगा सका। उसके दिल में एक विचित्र-सी मिठास उत्पन्न हुई। उसकी संतान तो अब तीन वर्ष की हो रही होगी। वह कल्पना के पास जाएगा। बांहों में समेटकर उसे खूब प्यार करेगा। संतान को देखने को सुअवसर उसे पहली बार ही मिलेगा। कल्पना ने उसका क्या नाम रखा होगा? कितना प्यारा वह बच्चा होगा-शायद कल्पना के समान ही सुन्दर।

यह कल्पना का प्यार ही तो है जिसने दिन-रात भगवान से उसकी भीख मांगी होगी, रो-रो कर अपने प्यार, अपने बच्चे, अपने विश्वास की दुहाई दी होगी, तभी तो उसने इतने थोड़े समय में ही मुक्ति मिल गई, वर्ना बीस वर्ष जेल के अन्दर सड़कर तो उसका दम ही घुट जाता। कल्पना का प्यार बेमिसाल है। उसकी तपस्या बेजोड़ है, उसकी लगन को देखकर बीस वर्ष का एक लम्बा युग भी साढ़े तीन वर्ष में बदल गया।

यहां से छूटते ही वह कल्पना के पास जाएगा। उसे ढूंढेगा। उसने बताया था कि वह मंसूरी में प्रकाश की मां के साथ रह रही है। प्रकाश-जंगलों का अफसर, वह तो जंगल में होगा। कल्पना कभी उसके पास नहीं जा सकती। अपने मन को वह कभी धोखा नहीं दे सकती। वह तो एक मां है, उसके अपने बच्चे की मां। उसे देखकर तो वह पहले विश्वास ही नहीं करेगी-फिर उसकी बांहों में समाकर वह फूट-फूटकर रो पड़ेगी-खुशी के आंसुओं से उसका गाल तर हो जाएगा। फिर वह उसको और अपनी बच्ची को लेकर इस शहर इस देश से बहुत दूर चला जाएगा-बहुत दूर-जहां उसके पिछले जीवन पर कोई भी अंगुली उठाने वाला न हो-और जहां उसकी संतान बड़ी होकर भी यह न जान सके कि वह उससे पैदा होने के बाद तीन वर्ष के लिए कहीं और चला गया था। कल्पना किस कदर बदल गई होगी। कल्पना-कल्पनाओं में उसने उसका आकार खींचा-इकहरा बदन, लम्बा, सुडौल, अत्यन्त आकर्षक मुखड़ा जिस पर कभी पाउडर की एक रेखा तक नहीं दिखाई दी, बड़ी-बड़ी पलकों के बीच बड़ी-बड़ी गहरी काली आंखें काजल की मोहताज नहीं

थी।, होंठ प्राकृतिक तौर पर गुलाबी थे, चलती थी तो ऐसा लगता था मानो उसके साथ सारी धरती थिरक रही हो।

तब कॉलेज का जमाना था, सन् 1961। एम.ए. में वह कल्पना के साथ पढ़ता था। कल्पना अपने नामानुसार ही एक कल्पना का सुन्दर रूप लेकर उसके जीवन में प्रविष्ट हुई थी, परन्तु एक हकीकत बनकर उसके दिल की गहराई में समा गई। उसका परिचय पाने से पहले ही वह दिन रात उसके बारे में सोचने लगा था। नाम जानने से पहले ही उसने उसे अपनी कल्पना में समाकर एक स्थान दे दिया था। वह थी भी ऐसी ही। उसके होंठों की हल्की मुस्कान में मानों सारे संसार की लाज स्थिर थी। जंगल के ठेकेदार की इकलौती बेटी होने के बावजूद उसमें जरा भी घमंड नहीं था। सबसे मिलती, हंसकर बातों का उत्तर देती, परन्तु जाने क्यों उसने अपने होंठों से झड़ते फूलों की सुगन्ध का स्वाद केवल उसको ही कभी नहीं लेने दिया था। शायद वह भांप चुकी थी कि विजय दूसरे ही प्रकार का लड़का है, उसको सहपाठी के अतिरिक्त किसी और दृष्टि से भी देखता है। उसके होंठों के पीछे गंभीरता में कोई ऐसा भेद है जो उसकी बदनामी का कारण बन सकता है। और शायद इसीलिए उसने जितना कल्पना के समीप आना चाहा, वह उससे उतना ही दूर होती गई, जितना ही अपने खामोश इशारों पर उससे प्यार प्रकट करना चाहा, वह उतना ही उससे घृणा करती गई। यह घृणा बढ़ते-बढ़ते एक दिन उस सीमा पर पहुंच गई कि अब यदि वह उसके सामने भी पड़ता तो कल्पना के माथे पर सिलवटें उभर आतीं। वह दूर से ही उसको आता देखकर दूसरा पथ ग्रहण कर लेती थी। कक्षा में बैठती तो एक बार भी पीछे पलटकर नहीं देखती। मन लगाकर पढ़ती, मन लगाकर सुनती फिर आंखें नीची किए हुए वह अपने होस्टल या लाइब्रेरी चली जाती। विजय के कारण उसने कॉलेज के सभी लड़कों से बात करना छोड़ दिया। परन्तु विजय के मन में बचपन में पैदा हुआ चित्रकारी का शौक निराश तमन्नाओं का जोश पाकर एक हकीकी रंग पकड़ने लगा। बैठे-बैठे ही वह अपनी कापी के खाली पृष्ठों पर उसका चित्र खींचने लगता। स्केच कर-करके कापियां भर डालता। वैसे भी वह एक अच्छा चित्रकार था। रंगों का कान्ट्रास्ट इतना सुन्दर देता कि देखने वालों की

आंखें खुली रह जाती। कॉलेज की सभी पत्रिकाओं में उसकी चित्रकारी का एक महत्वपूर्ण स्थान था। कॉलेज की एक मैगजीन में छपी 'गुणी लड़कियों' के ग्रुप में जब उसने कल्पना का एक चित्र देखा, तो उसका रूप अपने ढंग से कागज पर उभारने में उसे अत्यन्त सहायता मिली। उसने एक तस्वीर बनाई, इतनी सुन्दर की अपनी चित्रकारी पर उसे संदेह होने लगा। लटों को उसने उलझाकर आवारा कर दिया, गहरी काली आंखों को और गहरा कर दिया, होंठों पर सुर्खी और गालों पर गुलाबीपन भर दिया, इतनी सुन्दरता के साथ कि कल्पना पर वास्तविकता का संदेह होने लगा। इस तस्वीर का उसने फ्रेम कराया। फिर बॉक्स में छिपा लिया। लड़कों का छात्रावास होने के कारण कोई भी उसके कमरे में प्रवेश कर सकता था। जब रात होती, जब उसके मस्तिष्क को अकेला पाकर कल्पना एक हकीकत बनकर सामने आ खड़ी होती, तो वह बेचैन हो उठता। पढ़ाई में मन नहीं लगता। फिर वह तस्वीर निकालकर दीवानों के समान उसे चूमने लगता। उसे कोई उपाय नहीं सूझता कि किस प्रकार कल्पना के दिल से अपनी घृणा दूर कर इसके स्थान पर प्यार का पौधा लगाए। सभी जानते थे कि ठाकुर नरेन्द्र सिंह का बेटा है। ठाकुर नरेन्द्र सिंह-कभी राजस्थान के एक बड़े जर्मींदार थे आज बहुत कुछ छिन जाने के बाद भी एक नामी देशभक्त हैं। जनता के अनुरोध पर ही अगले चुनाव में संसद की सदस्यता के लिए पूरे विश्वास के साथ अपने इलाके से खड़े हो रहे हैं। दिल से इतने दयालु हैं कि किसी का दर्द देख भी नहीं सकते। बिल्कुल गऊ के समान हैं। दूसरों की नमस्ते के उत्तर में आप मोटे होने के पश्चात् भी झुक जाते हैं। सबसे मिलते हैं। गरीबों के गले में हाथ डालकर बात करना अपना गौरव समझते हैं। उनकी उदारता पर हजारों लोगों का जीवन निर्भर है। नारी निकेतन, अनाथालय, छोटे-छोटे गांव के स्कूलों को यदि वह सहायता न दें तो वे सब ठप हो जाएं। परन्तु वह अपने पिता के द्वारा कल्पना के घर रिश्ता मांगकर कल्पना को नहीं प्राप्त करना चाहता था। कल्पना के पिता तो ऐसे घर में अपनी बेटी को भेजकर भगवान को हजार बार धन्य कहेंगे। वह चाहता था को कल्पना को अपने महल की रानी बनाने से पहले दिल की रानी बनाएं। उसके दिल में अपने प्रति प्यार उत्पन्न करे। बिना प्रेम के विवाह तो आजकल बिल्कुल

ऐसी ही बात है, जैसे एक ऐसा कॉलेज जहां पढ़ाई के अतिरिक्त खेल-कूद का कोई साधन ही नहीं।

एक वर्ष यूं ही बीत गया। कल्पना के साथ वह एम.ए. फाइनल में पहुंचा। फिर यह वर्ष भी बीतने लगा कि अचानक ही उसकी खामोश मुहब्बत रंग लाई। कॉलेज में चर्चा आरंभ हुई कि विजय कल्पना को प्यार करता है।

दीवानों के समान उसकी तस्वीर बनाकर बातें करता है। इस अफवाह पर छात्रों को आश्चर्य भी हुआ, क्योंकि विजय आज तक किसी के लिए कभी इतना गंभीर नहीं हुआ था। उसकी संगति पाने के लिए सभी लड़के लड़कियां तरसते थे। उसकी दोस्ती में अपना गौरव समझते थे। परन्तु यह अफवाह सच थी और सभी को इस पर विश्वास करना पड़। इस अफवाह का प्रभाव कल्पना पर इतना अधिक पड़ कि वह उसकी सूरत का से भी घृणा करने लगी। सामना होते ही उसके मस्तक पर शिकन पड़ने के साथ आंखों में खून भी झलक आता। इससे विजय के दिल को सख़्त धक्का लगा। परन्तु वह खामोश रहा। उसने कल्पना से प्यार किया था। हां, दिल के अन्दर सुलगती चिंगारी अब शोला अवश्य बन चली थी, जिसे उसने हर प्रयत्न द्वारा अपने खामोश दायरे के अंदर दबा लिया।

एक दिल कॉलेज का ब्रेक था। लड़के-लड़कियां मेस में थे। परन्तु विजय नहीं जा सका। मन उचाट था, इसलिए वह लॉन में फुलवारी के समीप एक बेंच पर जाकर बैठ गया। एक ब्लेड द्वारा अपने हाथ पर कल्पना का नाम काटने लगा। रक्त निकलकर पूरे हाथ पर फैल गया तो उसने इस पर रूमाल बांध दिया। तभी एक महीन परन्तु सख्त आवाज सुनकर उसके कान खड़े हो गए ''मिस्टर विजय...।''

चौंककर वह पीछे पलटा। कल्पना खड़ी थी। दर्द और क्रोध का मिला-जुला भाव उसके मुखड़े पर छाया हुआ था। वह झट उठकर खड़ा हो गया।

कल्पना स्वयं ही आगे बढ़कर उसके सामने आ गई।

'मैं आपको अन्तिम बार चेतावनी देनी आई हूं।' वह मानो घायल दिल से बोली, 'यदि आपने फिर किसी प्रकार की हरकत की तो याद रखिए, मैं सीधी प्रिंसिपल के पास रिपोर्ट करूंगी।

'लेकिन मेरा अपराध,' विजय ने पूछा।

'अपराध आपका नहीं मेरा है।' कल्पना तड़पकर बोली, 'न मैं इस कॉलेज में प्रवेश लेती और न ऐसी बदनामी मिलती।'

'परन्तु मेरा अपराध भी तो कुछ हो।'

और तभी कल्पना ने मुड़ा हुआ एक कागज उसके आगे बढ़ा दिया, 'यह क्या कम अपराध आपने किया है, जो बिना किसी अधिकार के मेरी तस्वीर बनानी आरंभ कर दी?'

विजय ने कागज हाथ में लिया। खोलकर देखा तो चौंक पड़ा। शायद कोई स्केच किताब या कापी में से निकलकर गिर पड़ा है, किसी लड़की के हाथ लग गया होगा, जिसने कल्पना को यह दे दिया। कॉलेज में जो अफवाहें उड़ रही हैं, शायद उसका यही कारण है, वह कुछ न बोला। सोचता रह गया, लज्जित-सा जैसे अपना अपराध स्वीकार कर रहा हो।

'मैं आपको अच्छी तरह जानती हूं।' कल्पना उसे लाजवाब पाकर बोली, 'आप एक बड़े घर के लड़के हैं। शायद इसी का आपको घमंड है।'

'कल्पना जी...।' विजय के दिल पर चोट लगी।

'मैं आपको आरंभ से ही परख रही हूं।' उसकी बात काटकर कल्पना ने फिर कहा, 'क्या आप चाहते हैं कि मैं बदनाम होकर कॉलेज छोड़ दूं?'

'नहीं-नहीं कल्पना जी...।' वह तड़पकर बोला, 'आप क्यों कॉलेज छोड़ें? मैं स्वयं ही यहां से चला जाऊंगा। मेरा विश्वास कीजिए, आज के बाद आपको मेरी सूरत भी नहीं दिखाई देगी।' और फिर वह स्वयं ही वहां से हट गया।

जाने कौन-सा ऐसा दिल के अन्दर दबाव था जो जोश में उसके होंठों से उसे शब्द निकल गए। गहरे पानी में मछली करवट ले, तो सतह पर लहर उत्पन्न हो जाती है। शायद यही कारण था।

और कल्पना वहीं खड़ी-खड़ी उसे देखती ही रह गई।

उस रात वह एक पल भी नहीं सो सका। कल्पना एक हकीकत का रूप लिए उसके मन में समाई रही। उसके शरीर की कंपन, आंखों की सुर्खी, जहां काले बादल भी शायद बरस जाना चाहते थे, तमतमाया मुखड़ा, कांपते होंठों पर सख्ती भी और तड़प भी। कितनी निराश भेंट की उससे। कल्पना ने उसके प्रति कितने गलत, कितने गंदे विचार धारण कर रखे हैं। उसके बारे में कल्पना सोच-सोचकर कितनी दुःखी होती होगी। यह दुःख असहनीय होने के बाद ही तो वह उससे कहने आई थी। यह दाग, यह गलत विचार जो कल्पना ने उसके प्रति अपने दिल में बिठा रखा है, इसे बिठाना ही पड़ेगा, वर्ना वह उसे कभी क्षमा नहीं करेगी। वह तो कल्पना से प्यार करता है, केवल प्यार। वह भला कब चाहेगा कि कल्पना बदनाम हो, दुःखी हो, क्रोधित हो। उसके सुख के लिए वह अपनी जान भी दे सकता है। उसका प्यार निःस्वार्थ है, कुछ कहता नहीं, मांगता नहीं, चाहता नहीं। फिर कल्पना ने उसे इतना छोटा क्यों समझा?

वह कोई निर्णय नहीं कर सका कि उसे क्या करता चाहिये। जो बात जोश में आकर उसने कही है उसे किस प्रकार पूरी करे?

सुबह उसकी आंखें सुर्ख थीं, शरीर बोझिल था। विचारों की उलझन ने उसके शरीर में खून की गति तेज कर दी थी, इसीलिए उसे बुखार चढ़ गया। वह कॉलेज नहीं गया। परन्तु कब तक ऐसा चलेगा? आखिर कब तक वह कमरे से बाहर नहीं निकलेगा? लड़कों के आग्रह करने पर भी वह शाम को नहीं निकला। फिर रात में उसने बहुत कुछ सोचा, विचारा। वह ठाकुर नरेन्द्र सिंह का लड़का है। कल्पना को उसने वचन दिया है कि वह उसे

अपनी सूरत तक नहीं दिखाएगा। आवश्यक है कि वह कॉलेज छोड़ दे। इसी में उसका हित है। आधी रात को बैठकर उसने एक पत्र लिखा'

कल्पना जी।

प्यार किसी की निजी जायदाद नहीं, जिस पर कोई अपना अधिकार जमाए। यह तो अपने आप हो जाता है, जब दिल किसी को सम्मानित करते हुए झुक जाए, धीरे-धीरे धड़कना प्रारंभ कर दे। निश्चय ही यह दिल उसी दिन से आपके लिए धड़कने लगा है, जब आंखों ने पहली बार आपके दर्शन किए। आप इतनी सुन्दर हैं कि कॉलेज में शायद ही कोई छात्र आपके लिए न सोचता हो। यह मेरा दुर्भाग्य है, जो मेरे कारण आपको अपने गौरव पर आंच आने का भय महसूस हुआ। वैसे मैंने आपसे कभी कुछ मांगा नहीं, चाहा नहीं, अपना प्यार प्रकट तक नहीं किया जिसके कारण आप मुझे इतना छोटा समझतीं हैं। मैं तो चुपचाप दिल के अन्दर एक निराश कामना के लिए आपको कल्पना में समाए स्वयं ही सुलग रहा था-सदा सुलगता भी रहता, यह जुबान कभी भी आपके आगे दिल का भेद प्रकट न करती, चाहे आप परीक्षा के बाद चली ही क्यों न जातीं, परन्तु अब, जब आपको सब कुछ मालूम ही हो गया है तो मैं यही सोचकर आपको पत्र लिखने बैठ गया हूं कि आप मुझे क्षमा कर देंगी। जब यह पत्र आपके हाथ में होगा तो मैं आपसे बहुत दूर जा चुका हूंगा-अपने घर। अब तो आपको मेरे कारण अपनी बदनामी का कोई भय नहीं रहा ना? प्रयत्न करूंगा कि आपको भूल जाऊं। देखिये दिल कब तक साथ देता है?

आपकी जितनी भी तस्वीरें मैंने अब तक बनाई सब फाड़ दीं, केवल एक तस्वीर कि अतिरिक्त। क्या करूं, आपके विचारों में इस प्रकार खो जाता हूं कि न चाहते हुए भी जब कोई खाका खींचता हूं तो आप मेरी कल्पना के आधार पर एक रूप बनकर उभर आती हैं। ऐसी ही एक कल्पना को मैंने अपने ढंग से उभारने का प्रयत्न किया है। फिर किस प्रकार अपने ही हाथों द्वारा इस अरमान के टुकड़े-टुकड़े कर दूं? आपको पत्र के साथ भेज रहा हूं। अपने ही हाथों इसे फाड़ दीजिएगा।

आपका

विजय

पत्र लिखने के बाद उसने पढ़ा तो आंखें छलक आईं। यह कॉलेज, यहां की दीवारें, एक-एक चप्पे से उसे प्यार हो गया था। आंसू की कुछ बूंदें पत्र पर टपक आईं तो कई स्थानों पर लिखे अक्षर फैल गए। उसने पत्र बंद कर दिया। फिर बॉक्स से तस्वीर निकाली। उसकी कल्पना! कल्पना को उसने अपनी भावनाओं में प्रस्तुत किया था। उसने इसे चूम लिया। होंठ पर होंठ रख दिए। फिर उसने इसे फ्रेम से बाहर निकाला। एक बड़े लिफाफे में सावधानी से डाला और सिरहाने रखकर आंखें बंद कर लीं। कल्पना! उसके होंठों से एक आह निकली और वह विचारों में डूब गया।

***

फर्स्ट क्लास कम्पार्टमेंट में बैठा वह बहुत बेचैनी से गाड़ी छूटने की प्रतीक्षा कर रहा था। ट्रेन यूँ भी तीर घंटा लेट थी और उसकी समझ में नहीं आ रहा था कि उसे क्या करना चाहिये। दो से पांच बज गए, परन्तु गाड़ी लेट आई थी और अब चलने में भी लेट थी। कॉलेज छूट गया होगा। चपरासी ने तस्वीर और पत्र का लिफाफा कल्पना जी को थमा दिया होगा। शायद उसने पत्र पढ़ लिया हो। उसके पत्र का जाने क्या प्रभाव उस पर पड़ा हो। शायद उसने वह तस्वीर और पत्र फाड़ दिया हो। शायद उसे प्रिंसिपल को थमा दिया हो। कॉलेज में चर्चा आरंभ हो गई हो कि विजय ने कॉलेज छोड़ दिया है। विजय अब कभी नहीं आएगा। अब तक तो गाड़ी का सवा सौ मील दूर भी निकल जाना चाहिये था, परन्तु सरकारी काम सदा देर से होता है, कमबख्त गाड़ी भी तीन घंटा लेट हो गई है।

सहसा खिड़की से उसने देखा कल्पना प्लेटफार्म पर प्रविष्ट हुई। कल्पना! वह चकित रह गया। कल्पना तेज कदमों से चलती हुई बहुत गौर से इधर-उधर देख रही थी। बहुत परेशान थी वह। किसी को ढूंढ रही थी। शायद विजय की ही तलाश हो। कुछ साहस बटोरकर वह कम्पार्टमेंट से बाहर निकाला। प्लेटफार्म पर खड़े होकर उसने कल्पना पर दृष्टि डाली। उसके हाथ में उसी का भेजा हुआ लिफाफा था। वह तेजी से चलती हुई स्वयं

ही उसके समीप चली आई। उसको अपनी ओर देखते पाया तो ठिठक गई। कदम रुक गये। इस बार उसके मस्तक पर बल नही पड़े, होंठों पर सख्ती नहीं आई, आंखों में अंगारे नहीं चमके। विजय के लिए पहला ही अवसर था। वह केवल उसी को देख रही थी-खामोश-असहनीय दृष्टि से, मानो किसी गलती पर लज्जित हो, उससे क्षमा मांगने आई हो, परन्तु होंठ नहीं खुल पा रहे थे। एक हल्का-सा कंपन था वहां पर।

'कल्पना जी! आप यहां?' आखिर उसे खामोशी तोड़नी ही पड़ी।

'....।' कल्पना ने जैसे कुछ कहना चाहा, परन्तु आवाज एक आह बनकर गले में अटक गई। होंठ खुले और फिर बंद हो गये।

विजय ने देखा-कल्पना एक ही दिन में बदल गई है-बहुत अधिक सख्त हुई मोम मानो प्यार की हल्की-सी आंच पाकर पिघल चुकी है। वह केवल उसी को देख रही थी-लगातार-जैसे उसकी आंखों में अपने अस्तित्व की परछाई पर उसे कोई संदेह हो।

विजय ने दूर अंधकार में एक ज्योति देखी। यह ज्योति साहस बनकर उसके विश्वास पर एक शांति की लहर उत्पन्न कर गई। परन्तु वह चुप ही रहा। सोचता रहा कि कल्पना से क्या कहे, क्या पूछे? निश्चय ही वह उसी से तो मिलने आई है। हाथ में लिया हुआ लिफाफा इस बात का ठोस प्रमाण था।

कल्पना की खामोश थी। खामोशी तोड़कर कुछ कहना चाहती थी, परन्तु होंठ उसका साथ नहीं दे सके।

और तभी गार्ड ने सीटी बजा दी। इंजन जोर से चीखा। विजय ने इधर-उधर देखा फिर कल्पना को। कल्पना की आंखों से आंसू निकलकर गाल पर बह आए। विजय का दिल फट गया। यह आंसू क्यों बह रहे हैं? किसके लिए बह रहे हैं?

'कल्पना जी....।' वह केवल इतना ही कह सका। और गाड़ी धीमे-धीमे रेंगने लगी। कल्पना को एक पल देखते रहने के पश्चात् भी वह कोई निश्चय नहीं कर सका तो कम्पार्टमेंट

के दरवाजे पर चढ़ गया। कल्पना के होंठ कांपे, परन्तु तब भी वह कुछ न कह सकी। आंसुओं की धार तेज हो गई। विजय के दिल के हजारों बरछियां लगीं। उसका दिल चाहा कि अब अन्तिम समय उसे हाथ उठाकर विदाई सलाम करें, परन्तु तभी कल्पना की सिसकियां बंध गई। वह कुछ समझ नहीं सका कि कल्पना क्या चाहती है। यदि समझ सका तो इस पर विश्वास करने का उसका साहस नहीं हुआ। गाड़ी आगे बढ़ रही थी, बहुत हल्के-हल्के, मानो किसी बात की उसे भी प्रतीक्षा हो-शायद कल्पना के धड़कते दिल की आवाज इसने सुन ली थी।

और तभी कल्पना सिसककर चीख पड़ी, 'विजय मत जाओ, विजय...मत जाओ...।'

उसकी आवाज में ऐसा दर्द था, ऐसी तड़प थी जो गाड़ी की चीख को दबाकर सीधी विजय के कानों द्वारा दिल में प्रवेश कर गई। उसने लपककर जंजीर खींच दी। वह सरकती ट्रेन से नीचे कूदा और लपककर कल्पना के समीप आ खड़ा हुआ। एक विचित्र खिंचाव, एक अनजान दबाव के कारण कल्पना अपने आपको स्थिर नहीं रख सकी और सीधी विजय की छाती से जा लगी। विजय ने उसे अपनी बांहों में समेट लिया। कल्पना फूट-फूटकर रो पड़ी। आंसुओं से विजय की छाती भीग गई। उसकी सिसकियों में विजय के दिल की धड़कनें समाती चली गई।

***

विजय और कल्पना एक दूसरे के समीप आ गए-बिना खटके ही। पिछले चन्द दिनों जो चर्चा कॉलेज में चली आ रही थी उसे इन दोनों ने सत्य कर दिखाया। कल्पना का अब किसी की भी परवाह नहीं थी। कल्पना ने उसे बताया कि उससे घृणा करने का एक और भी कारण था।

'क्या,?' विजय ने आश्चर्य से पूछा।

'यही कि तुम एक बड़े जमींदार के लड़के हो।'

'लेकिन यह तो कोई कारण नहीं हुआ।' विजय ने आश्चर्य से उसे देखते हुए उसका हाथ पकड़ लिया।

'हां.....।' कल्पना बोली, 'परन्तु जाने क्यों पिताजी ने आरंभ से ही मेरे मन में यह बात बैठा दी है कि जमींदारों, जागीरदारों तथा राजाओं से सख्त घृणा करनी चाहिए।'

'शायद उन्हें कोई बहुत बुरा अनुभव हुआ होगा।'

'शायद।' कल्पना बोली, 'लेकिन वैसे वह बहुत नेक-दिल और दयालु पुरुष हैं। मेरी प्रसन्नता के लिए तो अपनी जान भी दे सकते हैं। मुझे बहुत लाड़-प्यार से उन्होंने पाला है।'

'अकेली संतान जो हो।'

'हां, और मेरी मां भी तो नहीं हैं।' वह गंभीर हो गई।

विजय भी उसकी गंभीरता में सम्मिलित हो गया। परन्तु फिर बोला, 'मेरे पास मां है। बहुत अच्छी है। तुम्हें इतना प्यार करेगी कि तुम जीवन की सारी कमी भूल जाओगी।'

कल्पना के मुखड़े पर एक हल्की सी रौनक दौड़ गई। ऐसे जीवन से सख्त घृणा है। दिन भर पेड़ों के गिरने का शोरगुल, रात में गीदड़ों की चीख-चिल्लाहट। अंधेरा होते ही घर में घुस जाओ वरना पशुओं का डर। उस पर से आदिवासियों के नाच-गाने का शोर-शराबा। इसीलिए तो वह छुट्टियों में अपने पिता के पास जाने के बजाय अपनी सहेली के पास शहर में रह जाती है।

विजय उसकी इच्छाओं का आदर करते हुए मन ही मन मुस्करा कर एक सपना देखने लगता है। विवाह के बाद वह कल्पना को हनीमून के लिए स्विट्जरलैंड ले जाएगा। उसे पहाड़ों के सुन्दर इलाकों की सैर कराएगा। कुछ दिन उसके साथ एक देश में रहेगा, तो कुछ दिन दूसरे देश में। जब तक उसके पिताजी जीवित हैं वह कहीं भी आ-जा सकता है, जितने दिन जहाँ चाहे ठहर सकता है। भला उसे किसी बात की कमी क्यों होने लगी।

कॉलेज के गर्ल्स होस्टल के पीछे एक नदी बहती थी। मनचले लड़के चांदनी रात में यहां घूमने का बहाना लेकर देर तक लड़कियों के दर्शन से अपनी आंखों की प्यास बुझाते रहते थे। होस्टल के कमरों की पिछली खिड़कियां इधर ही खुलती थी। चांदनी रात में मनचली लड़कियां झिलमिलाहट देखने के बहाने अपने महबूब के दर्शन के लिए खिड़की पर आ खड़ी होती थीं। कमरे की बत्ती बुझाकर ला देना इनका विशेष संकेत था। सप्ताह के अंत में जब लड़कियों को दूर तक बाहर घूमने की आज्ञा मिलती, तो कुछेक जोड़े नदी के किनारे ऊबड़-खाबड़ पत्थरों पर बैठकर देर तक गप्प के वातावरण से आनन्दित होते रहते थे। विजय भी कल्पना को यहां कई ला चुका था। प्रेमी-प्रेमिकाओं के लिए ऐसे उजाड़ तथा एकान्त से अच्छा वातावरण और हो भी क्या सकता है।

'कल्पना...।' एक शाम यूं ही जब वे दोनों बैठे सूर्यास्त की लालिमा देख रहे थे, तो विजय ने उसके हाथों में अंगुलियां उलझाकर कहा, 'तुम तो यह दृश्य रोज ही अपनी खिड़की से देखती होगी?'

'लगभग रोज ही।'

'परन्तु एक चीज पर तुमने शायद कभी गौर नहीं किया होगा।'

'क्या...।' कल्पना ने इधर-उधर देखा।

'वह देखो...।' विजय ने होस्ट की ओर इशारा किया, 'वह जहां उस पार, किनारे के समीप ही एक ऊंचा-सा पत्थर है।'

'हां-हां, है तो....।'

'उस पर एक पक्षी बैठा हुआ नहीं दिखाई दे रहा है?'

'हां-हां पक्षी तो बैठा है।'

'उस पक्षी को अक्सर मैंने वही बैठे देखा है।'

'अच्छा।'

हां। किस कदर अकेला, उदास और खोया हुआ है। ऐसा लगता है मानो, इसके साथी ने इसे धोखा दे दिया है।'

'पक्षी किसी को धोखा नहीं देता।' कल्पना बोली, 'अवश्य ही इसका साथी किसी निर्दयी शिकारी की भेंट चढ़ गया होगा।'

'संभव है इसको तुम्हीं से प्रेम हो गया हो।' विजय ने हंसकर कहा।

'मुझसे?' कल्पना भी हंस पड़ी।

'हां-आं' विजय बोला, 'देखो ना, तुम्हारे खिड़की के सामने ही तो बैठा रहता है।'

'तुम्हें डाह हो रही है?'

'यह पक्षी तो क्या संसार की कोई भी वस्तु तुम्हें प्यार करेगी तो मेरे दिल पर अंगारे लोट जाएंगे।'

'चाहे मेरी ओर से कोई भी उत्तर न हो?'

'हां।' विजय मानो गंभीर होकर बोला, ' तुम, तुम्हारी सुन्दरता, तुम्हारा प्यार, तुम्हारे दिल की एक-एक धड़कन को में अपनी शांति के लिए सुरक्षित रख लेना चाहता हूं।'

'इतना प्यार करते हो मुझे?' कल्पना प्यास के सागर में डूब कर उसकी छाती से लग गईं।

'इससे भी अधिक। इससे कहीं अधिक।' विजय दिल की गहराई से बोला, 'तुम इसकी कल्पना भी नहीं कर सकतीं।'

'तुमने यह भी कभी कल्पना से पूछा कि वह तुम्हें कितना प्यार करती है?' कल्पना ने प्यार से उसकी आंखों में झांका, 'चाहो तो मेरी परीक्षा ले लो।'

'नहीं-नहीं कल्पना।' विजय तड़पकर बोला, 'प्यार की परीक्षा कभी नहीं ली जाती। प्यार पर तो विश्वास किया जाता है। इस विश्वास के सहारे तुम्हें धोखा भी मिल जाए और तब भी तुम धोखा देने वाले को उसी प्रकार प्यार करती रहो, तो तुम्हारा प्यार सफल है।'

'जैसा कि तुम शुरू-शुरू में कर रहे थे?' कल्पना ने पूछा।

'हां...।' विजय बोला, 'और यदि तुम्हें इसका ज्ञान नहीं होता तो मैं उस दिन चुप-चाप यहां से निकल जाता। अपने निःस्वार्थ प्यार को ही जीवन का सहारा बना लेता।'

चूं-चूं-चूं-चूं...।

एक बहुत ही मद्धिम-सा स्वर उस पार से जब उत्पन्न हुआ तो विजय और कल्पना की दृष्टि अपने आप ही पक्षी की ओर उठ गई। उन्होंने देखा, पानी की सतह से लगकर वह पक्षी कुछ दूर तक उड़ता हुआ एक ओर अंधकार में लुप्त हो गया।

'कल से वह जब भी वहां बैठेगा, मैं ढेला फेंककर उसे उड़ा दूंगी।' कल्पना ने गंभीर होकर कहा।

'अरे-अरे।' विजय मुस्करा पड़ा, 'उस पक्षी के लिए तो मैं मजाक कर रहा था। वह भला तुमसे क्यों प्यार करने लगा? उसका निश्चय ही कोई साथी उससे बिछड गया है। कल्पना इंसान के समान कभी-कभी जब किसी पक्षी का दिल भी टूट जाता है, तो उसे आंसू बहाने के लिए एक ऐसे ही एकान्त स्थान की आवश्यकता पड़ती है। वह पक्षी भी बेचारा गम का मारा ही प्रकट होता है। उसे कभी मत उड़ाना कल्पना।'

कल्पना कुछ न बोली। वह विजय की आंखों में झांकने लगी। विजय किस कदर नर्म दिल है। किसी का भी दुःख उससे सहन नहीं होता। शायद इसीलिए वह उससे भी छिप-छिपकर प्यार करता हुआ स्वयं की ही आग में जलकर भस्म हो जाना चाहता था। कितनी भाग्यवान है वह, जो उसे विजय जैसा जीवन-साथी मिलेगा।

सहस कॉलेज के घड़ियाल का घंटा बजा तो विजय ने अपनी कलाई में बंधी घड़ी देखी। कल्पना का हाथ थामा और उठ खड़ा हुआ। उसे कमर से थामते हुए अपने अधर आगे किए, परन्तु कल्पना ने उस पर अपनी चारों अंगुलियां रख दीं। विजय ने अंगुलियों को ही चूम लिया, तो कल्पना ने लजाकर अपनी आंखें नीची कर लीं। फिर विजय के

बढ़ते ही उसने नजरें चुराकर इन्हीं अंगुलियों को चूम लिया तो मुखड़े का गुलाबीपन दुगुना हो गया।

***

कॉलेज में साल की अंतिम पिकनिक का प्रोग्राम था। शहर से दूर, पहाड़ी इलाके में एक बहुत ही सुन्दर झरने के समीप जब कॉलेज की बस रुकी तो लड़के-लड़कियां बाहर निकल कर खुले वातावरण में तितलियों के समान छा गए।

आकाश पर बादलों के टुकड़े थे फिर भी मौसम सुहाना था। सभी ने अपनी-अपनी मंजिल ढूंढ ली। सभी तितर-बितर होकर अपनी-अपनी टोलियां बनाकर दरियों पर बैठ गये। कुछ टहलने निकल गए, तो कुछ इन-डोर गेम में मस्त हो गए। मनचले लड़के-लड़कियां रेडियोग्राम की धुन पर अपने कूल्हे मटकाने लगे।

कल्पना के साथ विजय भी एक ओर बिल्कुल सन्नाटे में बैठा बहुत खोया हुआ-सा समीप की झील को देख रहा था। कल्पना टिफन खोलने में व्यस्त थी। इतनी दूर यात्रा करने के बाद दोनों कुछ थक से गए थे और भूख के कारण तुरन्त ही इधर-उधर 'साइट सीइंग' के लिए जरा भी मन नहीं कर रहा था। विजय ने अपना कोट उतारकर वृक्ष की झुकी हुई टहनी पर टांग दिया था। जूते उतारकर एक ओर रख दिए थे और पैरों का फैलाकर पेड़ की जड़ में पीठ टेक ली थी।

'विजय..।' कल्पना ने उसे खोया हुआ पाया तो अचानक ही पूछा, 'क्या सोच रहे हो?'

'सोच रहा हूं कल्पना कि चट्टान के शरीर में बसी इस दिल समान झील की गहराई कितनी होगी।' विजय ने एक फिलासफर के समान उत्तर दिया।

'गहराई देखने के लिए डूबकर ही जानना पड़ता है।' कल्पना जाने किस दबाव में कह गई।

विजय उचककर ठीक से बैठ गया। कल्पना की आंखों में उसने बहुत गौर से देखा, बहुत प्यार से मानो उसकी गहराई काली आंखों के अंधकार में डूब जाने को उतावला हो।

'इन आंखों में नहीं'... कल्पना हंसकर बोली, मैं तो इस झील की बात कर रही थी।'

'तुम चाहती हो मैं इस झील में डूबकर देखूं? विजय ने मुखड़े से कृत्रिम गंभीरता प्रकट की।

'हां-आं...।' कल्पना उसी प्रकार खिलखिलाकर हंस पड़ी।

'तो लो फिर तुम भी क्या याद करोगी।' विजय झट उठ खड़ा हुआ। एक ही झटके में उसने अपनी कमीज उतार फेंकी। फिर पेन्ट भी उतार दिया। चड्ढी में उसका शरीर देखकर कल्पना की आंखें थम गईं। विजय के कसरती शरीर का एक-एक अंग मछलियों के समान फड़क रहा था। विजय ने कल्पना की जरा भी परवाह नहीं की और इससे पहले कि कल्पना उसे मना करे, वह एक छलांग के साथ झील की सतह पर छपाक से गिरा और गहराई में गुम हो गया।

कुछ देर बाद वह पानी की सतह पर उभरा तो झील के लगभग बीच भाग में था। उसके कानों में लड़के-लड़कियों के ठहाके गूंज रहे थे। परन्तु कल्पना घबराई-सी लपककर किनारे पर चली आई थी।

'विजय...।' वह कह रही थी, 'बाहर निकलो, पानी गहरा है। डूब जाओगे। बाहर निकलो।'

'परन्तु तुम्हीं ने तो कहा कि...।' विजय ने वहीं से तेज स्वर में कहना चाहा, परन्तु पानी की एक लहर उसके हलक में प्रवेश कर गई। तभी उसने देखा, आकाश पर मोटे-मोटे बादलों की तह जमा हो रही है। हवाओं का बहाव तेज हो गया है।'अच्छा बाबा,

अब ऐसा नहीं कहूंगी...।' कल्पना ने हार मान ली, 'मुझे क्षमा कर दो और बाहर निकल जाओ। देखो ठंड बढ़ रही है।'

'ऐसी ही ठंड से तो मुझे प्रेम है।' विजय हाथ-पैर चलाता हुआ एक ओर बढ़ता हुआ बोला।

'नहीं-नहीं विजय, ऐसा नहीं कहते। तुम बीमार पड़ जाओगे।' कल्पना भी उसके पीछे किनारे-किनारे लपकी, 'बाहर आ जाओ, प्लीज बाहर आ जाओ।'

'नो...।' विजय उसकी ओर देखकर मुस्कराया, 'अब तो मैं डूबकर रहूंगा।' विजय ने एक डुबकी ली।

कल्पना का दिल कांप गया था। वह जानती थी कि विजय उसके होंठों से निकली किसी भी बात तो पूरा करने के लिए कुछ भी कर सकता है। परन्तु उसने तो मजाक किया था।

विजय कुछ दूर जाकर सतह पर फिर उभरा, तो कल्पना फिर उसकी ओर दौड़ी।

'विजय...।' कल्पना लगभग रो पड़ी। बोली, मैं तुम्हारे हाथ जोड़ती हूं, प्लीज बाहर आ जाओ, प्लीज....।'

'पहले वचन दो कि तुम जीवन भर मुझे प्यार करती रहोगी।' विजय ने अचानक ही चिल्लाकर पूछा।

कल्पना ने चौंककर इधर-उधर देखा, परन्तु अब वे दूसरे विद्यार्थियों से बहुत दूर आ चुके थे। 'हां-हां, मैं वचन देती हूं कि जीवन भर तुम्हें प्यार करती रहूंगी। इसमें भी कोई संदेह है?'

'तुम मेरे बिना एक पल भी नहीं रह सकती।' विजय ने उसी प्रकार हाथ-पैर चलाकर बढ़ते हुए दूसरा प्रस्ताव रखा।

'सचमुच नहीं रह सकती विजय...।' कल्पना गंभीर होकर बोली। परन्तु उसके पैर निरन्तर विजय के साथ ही किनारे-किनारे बढ़ते चले जा रहे थे।

विजय ने पलटकर देखा, उसके साथी बहुत पीछे थे। यहां से अब कोई दिखाई नहीं पड़ रहा था। केवल वह झरना था, काफी दूर, जिसके गिरने से फैला हुआ झाग अब एक हल्के स्वर के साथ दृष्टि के रास्ते में आकर उन्हें दूसरों से सुरक्षित किए हुए था। एकान्त स्थान पाकर वह किनारे आया। एक पत्थर पर बैठ गया जहां अगल-बगल ऊंची-ऊंची जंगली घास फैली हुई थी।

कल्पना लपककर उसके समीप आई। वह बुरी तरह हांफ रही थी मानो विजय नहीं वह स्वयं ही तैर कर यहां तक आई है।

'यह तुमने क्या किया?' कल्पना ने घबराते हुए पूछा।

'क्या?' विजय बहुत लापरवाही से हंसा।

'यही कि तुम मुझे सबके सामने ही यहां ले आये।'

'मैं कहां लाया हूं।' विजय ने हंसकर उसके कंधे पर अपना भीगा हाथ रख कर कहा, 'यह तो मेरा प्यार है जिसके धागे में बंधी तुम यहां तक चली आई। कहो तो और भी आगे ले चलूं-इतना दूर ही जहां से हम फिर कभी वापस नहीं आ सकते।'

'न बाबा न।' कल्पना ने मुस्कराहट छिपाकर बोली, 'इतनी दूर जाने की मूर्खता मैं नहीं कर सकती।'

'यह मूर्खता नहीं प्यार है कल्पना।'

'ऐसा भी क्या प्यार जिसमें इतनी दूर चले जाएं कि वापस भी न आ सकें।' कल्पना लापरवाही से उसके कंधे पर जमी बूंदों को अंगुलियों से हटाती हुई बोली।

तभी एक जोर का धमाका हुआ। बादल गरजा और बिजली इस तेजी के साथ कौंधी कि सारे इलाके का कलेजा दहल गया। कई पत्थर चट्टान के ऊपरी भाग से तेजी के साथ गड़गड़ाते हुए ढुलक कर झील के तह में खामोश हो गए।

कल्पना घबराकर विजय की छाती से लिपट गई। विजय ने अपनी भीगी बांहों में उसे समेटकर ऊपर देखा। बादल घिरे हुए थे। वर्षा की मोटी-मोटी बूंदें अकस्मात ही पड़नी आरंभ हो गई थीं। कल्पना को साथ लिए वह ऊपर आया जिधर चट्टान की जड़ें थीं। कल्पना सहमी-सहमी-सी उसके साथ लगी रही जहां कहीं भी पत्थरों के बीच उसके पग लड़खड़ाए वह विजय से लिपट-लिपट गई। कुछ पग चलकर चट्टान में एक सुरंग थी। विजय शरण के लिए इसी में प्रविष्ट हो गया, वर्षा का बहाव इतना तेज था कि सुरंग के एक कोने में खड़े होने के पश्चात् भी बौछार हवा के ठंडे झोंको सहित उन तक पहुंच रही थी। कल्पना और अंदर सरक आई, विजय कि बिल्कुल समीप उसके शरीर से लगकर। अपने आप ही उस का मुखड़ा विजय के होंठों के समीप आ गया। विजय ने कल्पना को देखा उसकी आंख गुलाबी थीं, होंठ भीगे थे, सांसें इतनी गर्म थीं कि विजय के शरीर में गर्मी से दौड़ गई। कल्पना ने शायद विजय के इस परिवर्तन को महसूस भी कर लिया था। वह कांप गई इससे पहले कि विजय के होंठ उसके होंठों पर झुकें और वह इन्कार नहीं कर सके, उसने झट अलग होकर अपना कोट उतारा और विजय के शरीर पर डालकर मुस्करा दी। वह ठंड के कारण ठिठुर रहा था।

'अरे ! विजय ने संकोच किया, 'फिर तुम क्या करोगी?'

'मैं तो इतने सारे कपड़े लादे हुए हूं। परन्तु तुम तो....।'

'तुम जो मेरे साथ हो' विजय ने कल्पना को बांहों में थामा।

परन्तु कल्पना उसके शरीर पर अपना कोट डाल चुकी थी।

विजय ने कल्पना के कंधों पर दोनों ओर से अपने हाथ रखते हुए उसके गले में माला पहनाई। उसे अपनी ओर खींचा, तो देखा वह बुरी तरह कांप रही थी। परन्तु फिर भी वह

उसी की आंखों में झांक रही थी। एक बार उसने झील की ओर देखा, परन्तु वर्षा की मोटी दीवार के पीछे बाहर का सारा वातावरण अदृश्य था। उसका दिल अचानक ही जोर से धड़का, ऐसी धड़कन थी यह जिसे कल्पना ने महसूस किया, परन्तु अपने आपको संभाल न सकी। वह विजय की ओर बढ़ती चली गई। अपने होंठों को उसने आगे कर दिया और उसकी आंखों में डूब जाना चाहा। विजय को कुछ भी नहीं सूझ रहा था। वह केवल कल्पना की आंखों में देख रहा था, अपने अस्तित्व का प्रतिबिम्ब और शायद वह बहक भी जाता- उसके बहकने में शायद कल्पना भी शामिल हो जाती, शायद वह अपने आपको एक अज्ञात खिंचाव के कारण विजय की इच्छा पर भेंट चढ़ा देती कि तभी सुरंग के अन्दर बहुत तेजी के साथ फड़फड़ाता हुआ एक पक्षी प्रविष्ट हुआ। समीप की दीवार से टकराकर वह नीचे गिर पड़ा, तो दोनों ही चौंककर अलग हो गये। कल्पना को छोड़कर उसने पक्षी को देखा। उसके कदमों से वह कुछ ही दूर बहुत सुस्त पंजों पर खड़ा था। पंख भीगे थे और उन्हें फड़फड़ाने की भी ताकत उसमें नहीं थी। कल्पना अपने को संभालकर उसे उसी प्रकार खड़ी देखती रही, परन्तु विजय आगे बढ़ा। वह पक्षी अपने स्थान से नहीं हटा। विजय ने झुककर उसे हाथों पर उठा लिया तो पक्षी ने एक बार चूं-चूं किया, हल्के से फड़फड़ाया और फिर सदा के लिए खामोश हो गया।

विजय भौंचक्का-सा पक्षी को देखता ही रह गया। कल्पना उसके समीप आई, पक्षी को देखने के बाद उसने विजय को देखा, तभी सुरंग में एक जंगली बिल्ली ने प्रवेश किया तो कल्पना कांप-कांप गई। विजय उसी प्रकार खड़ा रहा। बिल्ली ने एक बार रुककर दोनों, को देखा, फिर विजय के हाथ में उस पक्षी को, फिर वह स्वयं ही पलटकर बाहर भाग गई। विजय ने अपने हाथों पर बढ़ती हुई गर्मी महसूस की तो देखा, पक्षी घायल था और उसका रक्त निकल कर अंगुलियों पर वह आया था।

'ऐसा लगता है मानो आकस्मिक वर्षा के कारण इस पक्षी ने गलत स्थान पर शरण ढूंढ ली थी, कहीं आस-पास ही चट्टान की किसी दरार में।' विजय ने पक्षी को देख कर उदास होते हुए कहा।

'हां.....।' कल्पना बोली, 'फिर भी उस बिल्ली के पंजों से किसी प्रकार बचकर यह बेचारा यहां आ ही गया।'

'हां....।' विजय बोला, 'फिर मरते-मरते हम पर एक एहसान भी कर गया। हम दोनों भी बहक जाते, उस पाप की ओर जहां से वापस आने का फिर हमें कोई साधन न मिलता, सिवाय इसके कि हम पढ़ाई छोड़कर तुरन्त ही विवाह कर लें।'

'हां।' कल्पना आंखें चुराकर बोली, 'इसने हमको आज एक बहुत बड़े पाप से बचा लिया। मेरा तो सोच-सोचकर मन ही कांपा जा रहा है।'

कुछ पल तक विजय पक्षी को उसी प्रकार देखता रहा, सोचता रहा। फिर उसने वहीं पर एक छोटे-से गढ़े में उसे आहिस्ता से लिटा गीली भुरभुरी मिट्टी डाली। दरार में उसी नाम से कुछ जंगली फूल तोड़े और उस पर चढ़ा दिए।

'इस पक्षी का कोई तो साथी होगा ही।' विजय ने इस ढंग से कहा, मानो यह उसका अपना ही दर्द था।

'विजय-।' कल्पना को विजय पर दया आई, 'मनुष्य को इतना भावुक नहीं होना चाहिए। संसार में ऊंची तरक्की करने वाले इंसान पर यह शोभा नहीं देता कि वह छोटी-छोटी बातों से अपने मन को इंसान दुखाए। तुम तो एक पढ़े-लिखे इन्सान हो।'

'कल्पना-।' विजय वर्षा की फुहार से अपने हाथ धोता हुआ बोला, 'दर्द मनुष्य के दिल में अपने ही आप उठता है। कौन मनुष्य चाहेगा कि वह दर्द का आभास भी करे।'

'तुम ठीक कहते हो विजय।' कल्पना बोलो, 'किसी-किसी मनुष्य का दिल पिघली मोम से भी अधिक कोमल होता है। मैं तो भूल ही गई थी कि तुम में और मनुष्य अंतर है। तुम तो भगवान हो, मेरे भगवान, भला किस प्रकार किसी जीव पर तुम कोई जुल्म होता देखना पसन्द करोगे।'

'अच्छा-अच्छा, बस रहने दो।' विजय मुस्कराता हुआ कल्पना के कोट से रूमाल निकाल कर हाथ पोंछता हुआ बोला।

कल्पना हंस पड़ी। उसने आकाश की ओर झांका, बादल छट चुके थे। धूप निकल आई थी। हवाएं धीमी हो चुकी थीं और वर्षा अब और तब रुकना ही चाहती थी।

वे दोनों बाहर निकले और झील के किनारे-किनारे होते हुए वापस चल दिए। जब वे बस के समीप पहुंचे, तो छात्रों ने बस से बाहर निकल कर वातावरण में बिखरना आरंभ कर दिया था। विजय को संतोष मिला, क्योंकि उसके मित्रों ने उसके कपड़े उठाकर बस में डाल दिये थे। कुछ पल के लिए छात्रों ने उसे अर्थपूर्ण दृष्टि से देखा। विजय ने लपक कर अपने कपड़े पहने। कल्पना एक पल को लजाई, फिर विजय के साथ इस प्रकार घुल-मिल गई कि उसे किसी की परवाह ही न रही। वह विजय को प्यार करती है-और विजय उसको। आगे चलकर दोनों का विवाह करना ही है। विवाह से पहले तो सभी आंख निकाल-निकालकर देखते हैं।

***

1962 ई.। परीक्षा समाप्त हुई, तो कल्पना के लिए विजय से अलग होना कठिन हो गया। विजय ने वचन दिया कि वह आते ही सबसे पहले स्वयं उसके पिता से मिलेगा। उसका हाथ मांगने में उसे कोई डर नहीं, कल्पना ने भी कहा कि वह अपने पिता को लिख देगी कि विजय उनसे मिलने आ रहा है। वह उसी को चाहती है। प्यार करती है। पर भर का यह मिलन जीवन भर की खुशियों की आस लिए टूट गया।

विजय घर पहुंचा-शिक्षा के साथ प्यार की सफलता का भी गौरव था, मां से जब उसने कहा तो उन्होंने पहले ही बलइयां लेना आरम्भ कर दिया। पिता ने आशीर्वाद देते हुए कल्पना के पिता से मिलना चाहा। परन्तु विजय टाल गया, नाम-पता भी नहीं बताया। क्योंकि कल्पना के पिता से पहले वह स्वयं मिलने का इच्छुक था। जाने कैसा स्वभाव हो। जमींदारों और जागीरदारों से उन्हें सख्त घृणा है, इसलिए संभलकर ही बात करनी पड़ेगी। उसने तय कर लिया, वह सुबह होते ही उनसे मिलने निकल पड़ेगा। अब वह एक पल भी कल्पना से दूर नहीं रहना चाहता था।

जंगल ही जंगल। शाम ढलने में अभी काफी देर थी, फिर भी कुछ-कुछ अंधकार छा रहा था। इसलिए वह जल्द से जल्द ठेकेदार चमनलाल के यहां पहुंच जाना चाहता था; रात होने पर रास्ता और भयानक हो सकता था। ऊबड़-खाबड़ तथा कच्ची सड़क होने के पश्चात् भी उसने अपनी जीप की गति तेज कर दी थी। कुछ देर बाद जीप की हैडलाइट में जब उसने देखा कि कहीं-कहीं वृक्ष गिरे पड़े है तो तसल्ली हुई। आदिवासियों का झुण्ड जब समीप से गुजरा तो उसने अनुमान लगाया कि यह लोग दिन भर काम करके अब अपने घर को लौट रहे हैं। वह ठेकेदार चमनलाल की कोठी के सामने जाकर रुका।

कोठी की चाहरदीवारी के बाहर कुछ ही दूरी पर आदिवासी लकड़ी जलाकर आग ताप रहे थे। इस जंगल में ठंड शहर से भी अधिक थी। जीप को उसने चहारदीवारी के बाहर खड़ा कर दिया और उतर कर बड़े गेट पर आया। अन्दर अलसेशियन तथा बुलडाग जंजीर में बंधे शेर की तरह मस्त लोट रहे थे। गेट खोल कर वह अन्दर प्रवेश कर गया। बरामदे में पहुंचकर उसने एक नौकर द्वारा अपने आने की सूचना अंदर भेजी और आस-पास के गमलों में लगे फूलों को देखने लगा। तभी नौकर बाहर आया। उसे अपने साथ अन्दर ले जाकर ड्राइंग रूम में बिठाया। उसी समय चमनलाल ने भी प्रवेश किया तो वह उठ खड़ा हुआ। ‘बैठो-बैठो।’ उन्होंने स्वयं भी एक सोफे पर बैठते हुए कहा, ‘अच्छा ही हुआ जो कल्पना ने मुझे लिख दिया, वर्ना मेरी तो चिन्ता बढ़ गई थी।’

वह कुछ न बोला, परन्तु उनके समीप ही एक सोफे पर सामने बैठकर उनके व्यक्तित्व को निहारने लगा। सिर के बाल सफेद परन्तु मुखड़े पर बुजुर्गों से अधिक एक विचित्र ही सख्ती थी, ऐसी सख्ती, जो किसी दर्द को लगातार बर्दाश्त करते-करते आ जाती है। उनकी आंखों से निराशा टपकती थी, मानो कोई बहुत बड़ी बात पूरी करने की इच्छा अब भी उनमें शेष है। उनके सामने वह स्वयं बैठा था, परन्तु वह उसके बजाय, उसके पीछे दीवार से लगी किसी स्त्री की एक बड़ी तस्वीर को देख रहे थे, जिसका कद किसी नारी के बराबर ही था। तस्वीर किसी चित्रकार की कला थी, ऐसा लगता था मानो उसने कल्पना के रूप

को आज से बीस-पच्चीस वर्ष पहले के रहन-सहन में ले जाने का प्रयत्न किया है। आंखों में एक विचित्र-सी गहराई होंठों पर निराश आहें, मुखड़े से ऐसा प्रकट होता था मानो वह दुःख और दर्द की एक पुतली है, जिसमें चित्रकार ने अपनी आत्मा फूंकने का पूरा-पूरा प्रयत्न किया था। उठकर वह दूसरे सोफे पर बैठ गया ताकि ठेकेदार चमनलाल के साथ वह भी तस्वीर का रूख पा सके। ठेकेदार चमनलाल इस तस्वीर में डूब गया।

'तुम मुझे पसन्द हो।' सहसा वह उठे। हाथों को पीछे बांधकर वह तस्वीर के सामने आये और इस प्रकार कहने लगे, मानो उससे नहीं, तस्वीर से ही कह रहे हों, 'कल्पना की इच्छा ही मेरी इच्छा है। उसकी पसन्द, उसकी खुशी ही मेरा सब कुछ है। क्या करते है तुम्हारे पिता? क्या नाम है उनका?'

परन्तु तभी बाहर एक शोर हुआ-बहुत तेज, मानो आदिवासियों में झगड़ा आरंभ हो गया है। ठेकेदार चमनलाल ने समीप ही दीवार पर टंगी अपनी बन्दूक उठाई और तेजी से बाहर निकल गये। वह कुछ कह न पाया, कुछ सोचकर वह भी उठा और ठेकेदार चमनलाल के पीछे हो लिया। बाहर कुछ लोगों ने मशालें जला रखी थीं। कुछ आदिवासी एक आदमी को बांहों से पकड़े ठेकेदार साहब की कोठी पर खड़े उनकी प्रतीक्षा कर रहे थे।

'यह लुटेरा है।'

'इसने हमारी बहन को अपमानित करने का प्रयत्न किया है।'

'इसे जान से मार देना चाहिये।'

'इसे जीवित जला दो।'

तरह-तरह की आवाजों से वातावरण भयानक हो गया था। ठेकेदार चमनलाल भीड़ के बीच पहुंचे। क्रोध से वह अचानक ही कांपने लगे थे। 'ठहरो।' उसने सख्ती से आज्ञा दी।

लोग उसे छोड़कर अपन घेरे में लेते हुए अलग हो गये। वह आदमी थर-थर कांप रहा था।

'क्या किया है इसने?' उन्होंने फिर पूछा।

'मालिक' एक व्यक्ति ने आगे बढ़कर कहा, 'यह सुखिया की इज्जत लूटना चाहता था।'

क्या यह सच है भोला?' ठाकुर साहब ने बंदूक को सख्ती से पकड़ते हुए पूछा।

'नहीं मालिक, यह बिल्कुल गलत है।' वह जल्दी से बोला, 'सुखिया और मैं तो प्रेम करते हैं। इज्जत ही लूटनी होती तो उसे बहकाकर ऐसा करने के बाद चुपके से निकल भागता।'

विजय ने देखा, समीप ही सुखिया सिर झुकाये कांप रही थी, सिसक रही थी, समीप ही खड़े उसके मां-बाप बहुत घूरकर भोला को देख रहे थे।

ठेकेदार चमनलाल सुखिया के पास पहुंचे। बन्दूक की पकड़ कुछ धीमी पड़ गई।

'क्या तुम भी भोला को चाहती हो?' उन्होंने सुखिया के सिर पर हाथ रखा।

'हां सरकार।' सुखिया अचानक ही उनके कदमों में गिर पड़ी, 'यह सब इस दुक्खी का ही किया कराया है। इसी ने मेरे माता-पिता को भी बहकाया है।' उसने एक ओर खड़े एक गुंडे-से मजदूर की ओर इशारा किया।

ठेकेदार चमनलाल ने उसे अपने पास बुलाया। बंदूक की बट् से उन्होंने उसकी छाती पर इस प्रकार मारा कि वह ढुलककर पीछे गिर पड़ा, 'आइन्दा ऐसी गलती ही तो जान से मार दूंगा।' उन्होंने सख्ती से कहा और फिर सुखिया का हाथ भोला के हाथ में देकर एक सौ रूपये का नोट दोनों को भेंट किया। फिर लौट आये, आदिवासी खुशी से ढोल बजा-बजाकर जलती हुई लकड़ी की टाल के चारों ओर नाचने-गाने लगे।

ठेकेदार चमनलाल कमरे में आये। बन्दूक टांगी और तस्वीर के सामने खड़े हो गये। कुछ पल आंखें डालकर देखते रहने के बाद वह सोफे पर बैठ गए, इस प्रकार जैसे बहुत थक गये हों। विजय भी उनके समीप बैठ गया।

'जब कभी भी इस प्रकार का झगड़ा यहां होता है, मैं प्रेम के पक्ष में ही निर्णय देता हूं।' ठेकेदार चमनलाल स्वयं ही बोले, 'यदि वास्तव में यह किसी अबला की इज्जत लूटने की बात होती तो मैं भोला को क्षमा नहीं करता।'

विजय कांपकर रह गया।

'प्रेम एक बहुत अनमोल वस्तु है।' ठेकेदार चमनलाल फिर बोले, 'जो भाग्य वालों के भाग में आती है। यही कारण है कि कल्पना की इच्छा जानते ही मैंने तुमको बिना देखे ही स्वीकार कर लिया था। तुम्हें देखने के बाद तो अब मुझे अपनी बेटी के चुनाव की प्रशंसा करनी चाहिये।'

वह कुछ न बोला। श्रद्धा से उसका दिल ठेकेदार साहब के कदमों में झुकने को बेचैन हो उठा।

'तुमको नहीं मालूम, आज यदि कल्पना की मां जीवित होती तो तुम्हें गले से लगा लेती।' ठेकेदार तस्वीर में डूब गये, 'आज सपना का सारा रूप कल्पना में निखर आया है।'

'सपना।' उसने मन-ही-मन यह नाम लिया और तस्वीर को गौर से देखने लगा। फिर जाने कैसी श्रद्धा मन में आई कि वह उठा और तस्वीर के चरणों को झुककर छू लिया।

ठेकेदार चमनलाल उठे। उठकर उसके कंधे पर हाथ रखा और तस्वीर को देखते हुए उससे बोले, 'बेटा, अब जब तुमने इनके चरण छू लिए हैं तो एक बात का वचन दो।'

उसने आश्चर्य से देखा।

'प्रतिज्ञा करो कि यदि मैं अपने जीते जी एक काम को नहीं कर सका, तो मेरे बाद तुम इस काम को अवश्य करो। इसी में कल्पना की मां की आत्मा की शांति है। इसी में मेरी

शांति भी होगी। इसी में उन बहुत-सी अबलाओं की आत्माओं को भी शांति मिलेगी, जो एक शैतान की वासना का शिकार बनकर पैरों तले कुचल दी गईं हैं। अब भी वह भेड़ की खाल में भेड़िया बना अपने सारे देश को धोखा दे रहा है।'

'आप मेरा विश्वास कीजिए बाबूजी....।' विजय ने निःसंकोच वचन दिया, 'मैं कल्पना की सौगंध खाकर कहता हूं कि आपकी बात का पूरा-पूरा आदर करूंगा।'

ठेकेदार चमनलाल ने एक गहरी तथा संतोषभरी सांस ली। तस्वीर को देखा, फिर आकर सोफे पर आकर बैठ गये। वह भी उनके साथ ही बैठ गया।

ठेकेदार चमनलाल एक बीते हुए युग के पृष्ठ उलटते हुए बहुत ध्यान से तस्वीर में खो गये, फिर बोले, 'आज से लगभग बीस वर्ष पहले की बात है-सन् 1942 में, जब भारत गुलाम था और अंग्रेजी राज्य से अधिक हमारे देश पर हमारे ही देश के राजाओं के जुल्म और सितम का डंका था, मेरे पास अपनी थोड़ी-सी जमीन थी-राजस्थान में।'

'राजस्थान में?' उसने आश्चर्य से पूछा।

'हां, जयपुर के समीप।' उन्होंने उसकी हैरत की चिंता किए बिना ही बात जारी रखनी चाही, 'उन दिनों सारे इलाके में केवल एक जी जागीरदार का राज्य था-ठाकुर नरेन्द्र सिंह।'

'जी।' विजय अपने स्थान पर बैठे-बैठे उछल पड़ा। अपने कानों पर उसे विश्वास ही नहीं हुआ, उसने कुछ और पूछना चाहा, परन्तु सोचकर कांप गया। ठेकेदार चमनलाल क्रोध से होंठ काट रहे थे।

'बदमाश, लफंगा, आवारा, डाकू। आजकल नेता बना फिरता है।' ठेकेदार चमनलाल दांतों को पीसकर बोले, 'मुझे मिल जाये तो जीवित जलवा दूं।'

वह खामोश हो गये। उनके दिल के अंदर अचानक ही एक ज्वाला भड़क उठी थी जिस पर वह काबू पाने का प्रयत्न कर रहे थे। विजय के होश उड़ गये। अब? अब वह क्या करे? क्या पूछे और क्या उत्तर दे? यदि ठेकेदार चमनलाल को उसकी वास्तविकता मालूम

हो गई तो? परन्तु इस सख्त घृणा का कारण क्या है? इस शत्रुता के पीछे तो कारण होगा। अकारण कोई किसी के लिए इतनी गंदी बात नहीं कहता।

'आप मुझे कुछ बताना चाहते थे।' विजय ने अपने दिल के उठते भय को छिपाकर पूछा।

'हां...।' ठेकेदार चमनलाल बोले और उठकर खिड़की के समीप चले आये। पर्दा सरका हुआ था इसलिए शीशे के उस पार अंधकार में वह घूरने लगे, जहां समीप ही कहीं जलते हुए अलाव के प्रकाश में वृक्षों की एक झलक दिखाई पड़ रही थी। ढोल पर आदिवासी नाच-गाने में व्यस्त थे। उनके शोर-गुल से रात का यह भयानकपन काफी सीमा तक दूर हो गया था। एक पल ठहरकर उन्होंने बात जारी रखी, 'ठाकुर नरेंद्रसिंह पहले का दर्जे का ऐय्याश और वासना का भूखा जागीरदार था। उसका बाप भी बहुत जालिम था। बाप का बाप भी बहुत जालिम। इनके राज्य में एक भी पक्षी इनकी आज्ञा के बिना फड़फड़ा नहीं सकता था, गरीब जनता अपनी लड़कियों का विवाह नहीं कर सकती थी। वे अपनी इच्छा से रहन-सहन नहीं कर सकती थीं। जो इन्हें झुककर सलाम नहीं करता उसकी चमड़ी कोड़े से उधड़वा देना यह एक साधारण-सी बात समझते थे।'

अपने बाप-दादों के समान नरेंद्रसिंह ने भी अगणित लड़कियों को फूल बनने से पहले ही अपने हरम की शान बना लिया, उनके शरीर से मिठास की एक-एक बूंद चूस लेने के बाद उन्हें रुपये देकर यूं निकाल दिया मानो ये अबलाएं उसकी खरीदी हुई कलियां थीं। उन दिनों कितनी ही मासूम लड़कियों ने अपनी इच्छाओं की नाकामी देखकर आत्महत्या कर ली थी, परन्तु नरेंद्रसिंह के चंगुल में जाना कभी स्वीकार नहीं किया। फिर भी इससे दूसरी लड़कियों को सबक देने के लिए नरेंद्रसिंह आत्महत्या की हुई के घरवालों को बंद कर जीवित जलवा देता। नरेन्द्रसिंह को जवान और सुन्दर लड़कियां इतनी अधिक प्रिय थीं, जितना एक शेर को मांस भी नहीं पसन्द होगा।'

‘उन दिनों सपना जीवन का एक वास्तविक सपना देखती हुई अपने यौवन पर उभर रही थी। बिल्कुल निश्चिंत थी तथा उसे अपना प्यार पर पूरा विश्वास था, क्योंकि उसके पिता ठाकुर नरेन्द्रसिंह के पुराने मुलाजिम थे। परन्तु मुझे आरंभ से ही उसकी नीयत पर संदेह रहा। और एक दिन जब सपना ने मुझे बताया कि ठाकुर नरेन्द्रसिंह के आदमी उसे देखने आए थे, तो मेरा संदेह विश्वास में बदल गया। मैं जवान था, रक्त गर्म था। इस बात को सहन नहीं कर सका। परन्तु ठाकुर नरेन्द्रसिंह शक्तिशाली था। मैंने खामोशी धारण कर ली और बुद्धिमानी से काम लेते हुए उसके माता-पिता को समझाकर चुपचाप विवाह कर लिया। फिर उसी रात उस इलाके से निकलकर हम दूर जा बसे।

एक वर्ष के अंदर ही सपना ने जन्म दिया-एक नन्ही-मुन्नी कल्पना को।

कुछ दिनों बाद जाने किस प्रकार ठाकुर नरेन्द्रसिंह को हमारे ठिकाने का ज्ञान हो गया। मुझे और सपना को उसने पकड़वा लिया। बच्ची छूट गई, अपनी हवेली के सामने वृक्ष में उसने सरेआम बांधकर स्वयं अपने हाथों से मुझे पर कोड़ों की वर्षा की, ताकि दूसरों को मेरे समान किसी भी लड़की को भगाने का साहस न हो सके। मुझे अधमरा करके उसने मुझे अपनी हवेली के एक भाग में काल कोठरी में डाल दिया। फिर मेरी आंखों के सामने ही उसने सपना की इज्जत लूटी। उसके बेहाल शरीर को अपने हरम में नग्न करके शराब से नहलाया। कई दिन तक उसको लूटा, जब तक कि उसकी सुन्दरता में नाम मात्र भी जान बाकी रही। फिर उसे नौकरों के हवाले कर दिया और मुझ पर खूब ठहाके लगाये। जिस समय सपना बेहाल होकर मेरे पिंजर के सामने से जाते हुए ठिठकी, तो मेरा कलेजा फट गया। उफ! कैसी असहनीय दृष्टि थी उसकी! आंखों में गहरे गड्ढे पड़ गये थे। आंसुओं से गाल तर थे। उसकी दुर्गति देखकर में अपने आप पर काबू नहीं रख सका। उसका नाम लेकर चीख पड़ा।

अपने बाल नोंच डाले। सिर लोहे के सलाखों पर पटकने लगा। परन्तु वह शैतान नरेन्द्रसिंह उसी प्रकार ठहाके लगाता रहा। उसके तथा उसके चमचों के ठहाकों के बीच मेरी चीख का कोई मूल्य नहीं था।

'सपना की सिसकियों दब गई। मेरा बस चलता तो कूदकर अपने हाथों से नरेन्द्र का गला दबोच लेता। उसकी आंखें निकाल लेता। उसके कुत्ते को टुकड़े-टुकड़े कर डालता। परन्तु मैं बन्दी था। स्वयं मैं ही छटपटाकर रह गया। काश! उस समय यह धरती फट जाती, यह आकाश गिर पड़ता, परन्तु मेरे भाग्य में जुल्म सहना लिखा था, नरेन्द्र के भाग्य में जुल्म करना। मैंने सब कुछ भगवान पर छोड़ दिया और अपनी बच्ची की सौगंध खाकर भगवान से केवल इतने ही दिन का जीवन मांगा, जब तक कि मैं अपनी सपना की बेइज्जती का बदला उससे न ले लूं।'

ठेकेदार चमनलाल गहरी-गहरी सांस लेने लगे। उनकी छाती के उबाल से ऐसा जाहिर होता था मानो वह वर्ष पहले के युग में पहुंचकर सब कुछ अपनी आंखों के सामने देख रहे हैं। उन्होंने बात जारी रखी, 'एक दिन दीवाली की रात थी, कोठी में आगे-पीछे सभी स्थानों पर बहुत जश्न हो रहा था। कोठी दुल्हन के समान सजी हुई थी। सारा इलाका उसके लॉन में होती आतिशबाजी को देखने के लिए बाढ़ के समान उमड़ आया था। भाग्यवश एक बड़ा पटाखा उड़ता हुआ आया और ठीक मेरी कोठरी के रोशनदान पर ही अटक गया। मैं सहमकर पीछे हट गया और तभी एक जोरदार धमाका हुआ। कोठरी की दीवार हिल गई। मैंने देखा, रोशनदान फटकर चौगुना हो गया था। ईंट टूट-टूटकर छितर गई थीं। अवसर को मैंने बहुमूल्य जाना और इससे पहले कि वहां कोई पहुंचे मैं पूरी शक्ति बटोरकर उसमें से पार होता हुआ निकल भागा। मैंने चाहा कि उसका घर पहले ही राख का ढेर बना दूं।

'मुझे अपनी बच्ची का विचार आया। मैं अपने घर पहुंचा। पूछने पर पता चला कि उसे एक गरीब विधवा ने पाल रखा है। मैं विधवा से मिला, अपनी बच्ची को छाती से लगा लिया। उसे लिए राजस्थान से बहुत दूर, कलकत्ते आ बसा। कलकत्ते में उन दिनों स्वतन्त्रता संग्राम का बहुत जोर था। आए दिन अंग्रेजों के विरुद्ध नारा बुलन्द था। इसमें गुण्डों ने भी खूब लाभ उठाया। लूटमार साधारण-सी बात थीं। हत्या की कोई कीमत नहीं

थी। जिसको जो मिला वही उठा ले गया। एक दिन मैंने एक बहुत बड़े आदमी की जान बचाई। बदले में उसने मुझे अपने घर में शरण दी। मेरी सहायता की। और जब भारतवर्ष स्वतन्त्र हो गया, तो उसने मुझे अपनी ऊंची पहुंच द्वारा ठेकेदारी दिखाई। आज उसी देवता के कारण मैं इतना बड़ा आदमी हूं। परन्तु वे दिन, वे कुछेक भयानक पल अब भी मेरी आंखों के सामने आ जाते हैं, सब कुछ मुझे बिल्कुल स्पष्ट दिखाई पड़ता है। उसकी तड़पती आत्मा को उस समय तक शांति नहीं मिलेगी, जब तक कि मैं अपने हाथों से नरेन्द्रसिंह से बदला न ले लूं। यह काम मैं कभी भी कर सकता था, परन्तु कल्पना का भविष्य मेरे सामने एक प्रश्न बनकर खड़ा है। उसका विवाह हो जाए तो मैं ठाकुर को यहां किसी बहाने से बुलाकर कुत्ते के समान मरवा डालूंगा। मुझे फांसी का जरा भी डर नहीं। सपना मेरी पत्नी थी, परन्तु नरेन्द्र के मर जाने से उन सारी ही आत्माओं को शांति प्राप्त हो जाएगी जो अपनी जवानी का निखार देखने से पहले ही कुचल दी गई थीं।’ ठेकेदार चमनलाल खामोश हो गए। उनकी आंखों में आंसू वर्षा के समान जारी थे।

विजय को सांप सूंघ गया। उसकी समझ में नहीं आया कि वह क्या करे। सहानुभूति दिखाए या अपनी हकीकत प्रकट करे। उसने पलटकर सपना की मां की तस्वीर देखी तो आंखें छलक आईं। आंखों में ऐसी कशिश थी कि वह उनसे आंख तक मिलाने में अपने आपको पापी समझ रहा था। अपने पिता, अपने बाप-दादों को उसने मन-ही-मन धिक्कारा। अपने शरीर में बहते रक्त से उसे सख्त घृणा ही गई, जिसके अंदर गरीबों के आंसू भरे हुए थे। अपने पिता के कहकहों पर उसने लानत भेजी जिसके पीछे अगणित अबलाओं की निराश कामनाएं छिपी थीं, अपनी शानदार हवेली के दीवारों में उसने गरीबों के शरीर से निचोड़ा हुआ खून और आंसू देखे। उन दीवारों को गिरा देना चाहिये। वह हवेली खण्डहर बना देनी चाहिये। उसकी नींव में अज्ञात आत्माएं जुल्म और वासना की शिकार बनकर तड़प रही है। इन सभी को स्वतन्त्र कर देना चाहिये वर्ना मानव का मानव मर से विश्वास उठ जाएगा। अब वह क्या करे? वह एक उलझन में पड़ गया।

'मैं जानता हूं तुम क्या सोच रहे हो बेटे?' सहसा ठेकेदार चमनलाल ने उसे खामोश देखा तो पलटकर उसके कंधे पर हाथ रख दिया।

'जी?' उसका दिल जोर से धड़का।

'तुम्हारे दिल में दर्द का उठना स्वाभाविक हैं' वह बोले, 'तुम क्या कोई डाकू भी इस जुल्म की वास्तविकता महसूस करेगा तो उसका दिल फट जाएगा। इसीलिए यह भेद कल्पना से सदा छिपाकर रखा। तुमको इसीलिए दिया ताकि जब नरेन्द्र के खून की सजा में मुझे फांसी हो, तो तुम मुझे बेगुनाह मानकर कल्पना को समझा सको। उसे तुम्हारी आवश्यकता है। बदले का वचन तुमसे केवल इसलिए लिया, ताकि मैं शांति से मर सकूं, यद्यपि मुझे विश्वास है कि जब तक मैं अपने उद्देश्य में सफल नहीं हो जाऊंगा, कठिनाई से ही मेरी जान निकलेगी। मरना होता तो कब का ही मर जाता।'

विजय ने एक गहरी सांस ली।

'अच्छा चलो, आराम कर लो....।' ठेकेदार चमनलाल बोले, 'कल सुबह तुमको सारे जंगल की सैर कराऊंगा। आओ चलो बेटा....।'

परन्तु दूसरे दिन विजय वहां एक पल भी नहीं रुका। तबियत ठीक न होने का बहाना करके अपनी हवेली लौट आया। ठाकुर नरेन्द्रसिंह किसी सभा में भाषण करने गए थे। मां पूजा में व्यस्त थीं। वह सीधा अपने कमरे में पहुंचा और पलंग पर जा लेटा। कुछ समझ नहीं आ रहा था कि क्या कहे। वह तो कल्पना के पिता से मिलने गया था। क्या उत्तर देता?

रात को काफी देर बाद भी जब वह अपने कमरे से नहीं निकला तो मां की चिन्ता बढ़ी। डिनर के लिए उन्होंने अपने बेटे को उठा ही दिया। विजय अपने और अपने खानदान की वास्तविकता के बारे में सोच-सोचकर परेशानी के संसार में सो गया था। उसने स्नान किया तो सांसों में कुछ ताजगी आ गई, मगर दिल उदास था इसलिए आंखें वीरान ही रहीं।

खाने के बीच ठाकुर नरेन्द्रसिंह ने महसूस किया कि विजय की हरकतों में आज कोई चहल-पहल नहीं है। खामोशी में उदासीनता है। शायद जीवन में पहली बार ही उनके बेटे को कोई ठोकर लगी थी। किसी ने उसका दिल तोड़ दिया था।

'बेटा...।' अचानक उन्होंने पूछा,'तुमने बताया नहीं ठेकेदार साहब से तुम्हारी क्या बात हुई?'

विजय के दिल में कांटे चुभ गए।

'हां बेटा...।' उसकी मां ने भी पूछा, 'मेरी बहू कैसी है? हम कब उससे मिलने पहुंचे?'

'मां...।' विजय का दिल दर्द से तड़प उठा। खाना छोड़ दिया उसने और नैपकिन से हाथ पोंछता हुआ उठ खड़ा हुआ, 'उन्होंने मुझे पसन्द नहीं किया।'

'क्या?' आश्चर्य से ठाकुर ने पूछना चाहा, परन्तु उनके हलक में खाने का टुकड़ा था। ऐसा फन्दा था कि वह अचानक ही खांसते-खांसते बेहाल हो गए।

'क्या कहता है बेटे?' उसकी मां को भी विश्वास नहीं हुआ, 'ठेकेदार का दिमाग तो नहीं चल गया है? यहां अनगिनत लोग अपनी बेटियों के लिए तेरे वास्ते हाथ फैलाए खड़े हैं, हमारे रक्त से सम्बन्ध जोड़ने में लोग अपना गौरव समझते हैं, और उन्होंने तेरे लिए इन्कार कर दिया।'

'क्या नाम है उस ठेकेदार का?' ठाकुर नरेन्द्रसिंह ने कहा, 'शायद उसे मालूम नहीं कि मैं कौन हूं? अपने बारे में तूने कुछ बताया नहीं उसे?'

'हम स्वयं उनसे जाकर मिलेंगे।' मां ने उसके उत्तर की प्रतीक्षा किए बिना ही कहा, तेरा दिल हम कभी नहीं तोड़ सकते। देख लेना, हमारे विषय में जानते ही वह तेरे लिए कल्पना के साथ यहां दौड़े चले आएंगे।'

'मां....।' वह स्वयं में ही उलझकर छटपटाता हुआ बोला, 'जिस व्यक्ति ने तुम्हारे बेटे को स्वीकार करने से इन्कार कर दिया, उससे तुम भीख मांगने जाओगी। यह हमारी शान के विरुद्ध है। क्या और लड़कियां नहीं हैं, जो मुझे स्वीकार करें?'

'यह बात हुई न अब!' ठाकुर नरेन्द्रसिंह जोश में आकर जोर से बोले और हंसने लगे, 'मेरा बेटा तो हीरा है। वह ठेकेदार अवश्य ही पागल होगा, जिसने तुझे पहचाना नहीं।

'अच्छा ही हुआ जो उसने मुझे पहचाना नहीं पिताजी।' विजय ने ठेकेदार के क्रोधित मुखड़े को याद करके कहा, परन्तु तभी चौंक पड़ा। सच्चाई प्रकट होते-होते बची। उसने बात बनाई, 'मेरा इतना ही कह देना बहुत होना चाहिये था कि मैं ठाकुर नरेन्द्रसिंह बेटा हूं। यह हमारा अपमान है जो इस नाम से भारतवर्ष में कोई हमें नहीं पहचानता। फिर किस प्रकार हम इस घर में उसकी बेटी को रानी बनाने योग्य समझें? क्यों पिताजी?'

'शाबाश बेटे, शाबाश-।' ठाकुर नरेन्द्रसिंह ठहाका लगा बैठे, 'एम.ए.करते ही तू बहुत समझदार हो गया है।'

परन्तु वह उनकी खुशी में जरा भी सम्मिलित नहीं हो सका। अपने कमरे में आया और पड़कर जीवन की गुत्थियां सुलझाने लगा, जो हर क्षण उलझती ही जा रही थीं।

दिन बीत रहे थे, बहुत खामोशी के साथ। वह कुछ निर्णय नहीं कर सका कि उसे क्या करता चाहिये। उसका प्यार एक स्वप्न बनकर रह गया था जिसे उसने, हर प्रकार से भुलाने का प्रयत्न किया, परन्तु दिल ने साथ नहीं दिया। वह कल्पना के योग्य जरा भी नहीं है। कल्पना के पिता उसकी वास्तविकता जानते ही उससे घृणा करने लगेंगे। अपनी पत्नी की आत्मा की शांति के लिए वह अपनी बेटी का दिल तोड़ने से भी नहीं चूक सकते। वास्तव में उनके दिल का घाव बहुत अधिक गहरा है। वह कभी नहीं भर सकता-कभी नहीं। उनकी जगह वह स्वयं होता तो ऐसे जालिम आदमी को कभी क्षमा नहीं करता। कल्पना का विचार उसने छोड़ दिया। परन्तु उसके मुखड़े पर निरन्तर छाई रहने वाली उदासीनता को देखकर दिल तड़पने लगा। आंखों के नीचे काले बादल देखकर ठाकुर नरेन्द्रसिंह को धक्का पहुंचा। अपने बेटे को इन्होंने फूल के सामान पाला था। उसकी एक-एक इच्छा पर वह अपनी जान गंवाने को तैयार रहते थे। उसकी प्रसन्नता के लिए वह बड़ी से बड़ी बलि चढ़ाने को तत्पर थे। यही कारण था कि जब विजय को उन्होंने बुझा-बुझा देखा तो, उसके लिए एक रिश्ता पक्का कर दिया। दो महीने बाद की तारीख भी निश्चित कर दी गई।

इन दिनों विजय के पास कल्पना के कई पत्र आये। दिल की तड़प से लेकर आंसुओं से पूरा पत्र भीगा होता। विजय की आंखें छलक आतीं, परन्तु उसने कोई उत्तर नहीं दिया। पत्र फिर भी आते रहे, यहां तक कि कल्पना उत्तर न पाकर निराश हो गई। अन्तिम पत्र में उसने विजय के हाथ जोड़े, प्यार की दुहाई दी, उसे समझाना चाहा कि वह उसके बिना मर जाएगी, तो विजय ने दो संतरों में उसे लिख दिया कि उसका विवाह हो चुका है। उसके बाद कल्पना का कोई पत्र नहीं आया। विजय ने अपने दिल पर पत्थर रख लिया और फूट-फूटकर रो पड़ा था। सब कुछ होते हुए भी प्यार कितना असफल था। शायद प्यार का नाम ही निराशा है।

समय और बीता तो अपने रक्त के साथ उसी हवेली की दीवारों से भी घृणा होने लगी, तो हवेली का एक-एक कोना जैसे उसे काटने को दौड़ने लगा। पिता के प्रति जब घृणा अत्यधिक बढ़ने लगी तो उसने सोचा, क्यों न वह यहां से, इस इलाके से, शहर से कहीं दूर भाग जाए? यहां क्या रखा है आखिर? यह हवेली जिसकी नींव से अगणित मासूम अबलाओं की अभिलाषाएं दफन है, जिसकी दीवारों के अंदर आत्माएं कैद हैं, और जिसकी चमक-दमक केवल गरीबों के आंसुओं से धुलकर ही स्थिर है, उस हवेली में किसी मासूम लड़की को दुल्हन बनाकर किस प्रकार लाया जा सकता है? इस हवेली पर जाने कितनी ही बेबस लड़कियों का श्राप पड़ा हुआ हैं जाने किसके भाग्य में उनके खानदान के इन तमाम पापों का प्रायश्चित करना लिखा गया है? आखिर किसी के भाग्य में तो यह सजा आएगी ही।

गरीबों की आह व्यर्थ नहीं जाती। क्या जाने यह सजा शादी के बाद उसके अपने ही किसी बच्चे के भाग में आ पड़े। नहीं-नहीं, ऐसा नहीं होना चाहिये.... ऐसा कभी नहीं होना चाहिए। और फिर प्यार तो वह कल्पना से करता है, दिन-रात उसी के विचार में वह तड़पता रहता है, फिर भला दूसरी लड़की से कैसे नाता जोड़े? बाप-दादाओं के जुल्म और सितम के कारण वह अपने आप में ही इतना उलझता जा रहा था कि समझ नहीं सका कि

उसे क्या करना चाहिए। और इसलिए उसने निश्चय कर लिया कि वह हवेली छोड़कर यहां के कलुषित वातावरण से बहुत दूर भाग जाएगा।

और एक दिन, जब विवाह को कुछ ही समय रह गया, तो वह घर छोड़कर चुपचाप निकल गया। साहस नहीं कर सका था कि अपने दिल के अन्दर दहकती आग का भेद वह घरवालों पर प्रकट करे। अपने ही होठों से पिता को धिक्कारे, मां को सारी बातें बता कर खानदान का अपमान करे।

वह दर-दर भटकता रहा-कई दिन तक-कई मास तक-कई वर्ष तक। परे तीन वर्ष बीत गये। वह एक शहर से दूसरे शहर, एक उजाड़ स्थान से दूसरे उजाड़ स्थान तक, पहाड़ी इलाके में, आदिवासियों के बीच। उसे कुछ भी होश नहीं रहता। जो मिल जाता खा लेता, पी लेता फिर कहीं भी, वर्ष या धूप में पड़ा रहता। वह जैसे मानसिक सुख पाने के लिए किसी मंजिल की तलाश में था जहां पहुंचकर वह यह महसूस करे कि अब उसकी छाती पर कोई बोझ नहीं है। अपने बाप-दादों का प्रायश्चित वह कर चुका है।

फिर एक दिन भटकता-भटकता वह राजगढ़ पहुंचा। सुबह शाम अष्टदेवी के दर्शन करता, दिली शांति की भीख मांगता फिर नीचे बैठा वह अपने स्वयं के अस्तित्व पर गौर करता रहता। यहीं पर अचानक उसकी भेंट कल्पना से हो गई थी। वह विधवा थी, परन्तु उसका सहारा लेकर अपनी मांग में फिर सिंदूर भरना चाहती थी। उसके साथ रहकर उसने ठेकेदार चमनलाल का मन जीतना चाहा था। वहीं एक रात अचानक ही उसने अनिच्छा होते हुए भी एक भयानक वातावरण के कारण बहकते हुए कल्पना के शरीर का स्पर्श अपनी सांसों में बसा लिया था। परन्तु जब सुबह होने पर उसने वास्तविकता समझी, तो सोच लिया कि तुरन्त ही ठेकेदार साहब के आगे अपना भेद खोलकर कल्पना की भीख मांग लेगा।

परन्तु.....परन्तु भाग्य को कुछ और ही मंजूर था। विनोद तीन वर्ष बाद जीवित वापस आ गया था। उसका सब कुछ छिन गया। कल्पना को हकीकत में पाकर भी वह खो बैठा।

वह कल्पना से मिलना चाहता था, केवल एक बार ही सही। उसे समझाना चाहता था कि वह अपने पति की प्रसन्नता में ही अपना सब कुछ समझे। भूल जाए कि उसने कभी विजय के साथ भी कोई रात बिताई है। परन्तु कल्पना चली गई थी, अपने ससुराल, पति के घर। फिर भी उसने उस रास्ते के समीप बैठकर प्रतीक्षा करना नही छोड़ा, जो जंगल में ठेकेदार चमनलाल की कोठी को जाता था। उसे विश्वास था, कल्पना एक दिन अवश्य ही अपने पिता के पास आएगी, परन्तु ऐसा नहीं हुआ।

और एक दिन इसी रास्ते पर उसने अपने पिता की जीप को बहुत तेजी के साथ जंगल में प्रवेश करते देखा तो चौंक पड़ा। वह भी गिरता-पड़ता, पहाड़ी और चट्टानी पगडंडियों द्वारा छोटा रास्ता तय करता हुआ पीछे-पीछे दौड़ा। उसका दिल अचानक ही बुरी तरह धड़कने लगा था। फिर उसने एक टीले पर से देखा कि उसके पिताजी की जीप कोठी के बाहर गेट पर रुकी है, पिताजी उतरे, हाथ में बंदूक थी, जैसे बहुत क्रोध में आये हों। वह बिना पूछे ही अंदर प्रवेश कर गये। उसका दिल कांप गया, कूदता-फांदता वह कोठी में पहुंचा। छिपकर उसने खिड़की से देखा, ठेकेदार चमनलाल अपनी पत्नी की तस्वीर के सामने बैठे ध्यान-मग्न थे। उसके पिताजी चुपचाप इस तस्वीर को देखकर कुछ ठिठक से गये हैं। शायद कुछ बात करने का प्रयत्न कर रहे हैं। परन्तु हजारों में सी किसी एक को इतना आसानी से याद कर लेना असंभव ही सा था उनके लिए।

'ठेकेदार।' उन्होंने सख्ती से कहा, 'मैंने सुना है कि तुमने अपनी बेटी का सहारा लेकर मेरे बेटे को कैद कर रखा है?'

चमनलाल को अपने कानों पर विश्वास ही नहीं हुआ। वह झट पलटकर खड़े हो गये। परन्तु तभी उनकी आंखों की चमक भी बढ़ गई, होंठों पर एक ऐसी मुस्कराहट आई, मानो उनके तपते हुए दिल पर किसी ने ठंडे पानी की छींटे मार दिए हों। ठाकुर नरेन्द्रसिंह को उन्होंने एक ही दृष्टि में पहचान लिया था।

'कौन है तुम्हारा बेटा?' चमनलाल ने भी सख्ती से पूछा।

'विजय....ठाकुर विजय प्रताप सिंह।' ठाकुर नरेन्द्रसिंह ने 'ठाकुर' शब्द पर अधिक जोर दिय, 'किसी ने मुझे बताया है कि तुम अपनी विधवा बेटी के जाल में उसको फंसाकर हमारे खानदान के रक्त में सम्मिलित होना चाहते हो। आज तीन साल से वह घर से दूर है। उसकी मां उसके लिए रो-रोकर पागल हुई जा रही है। कहां है मेरा बेटा, बुलाओ उसको। इस प्रकार तुम उसे फंसाकर हमसे नहीं छीन सकते।'

'ठाकुर!' ठेकेदार चमनलाल पूरी ताकत से चीख पड़े, 'मेरी बेटी सुहागन है अपने पति के साथ रहती है। हां, विजय अवश्य मेरे पास कुछ दिन रहा था। परन्तु यदि मुझे मालूम होता कि वह तुम्हारी संतान है तो उसे जीवित जलवा देता।'

'ठेकेदार!' ठाकुर के हाथ में बंदूक की पकड़ सख्त हो गई।

परन्तु इसका प्रभाव ठेकेदार चमनलाल पर जरा भी नहीं पड़ा। वह ठाकुर पर हंस पड़े।

'इस तस्वीर को पहचानते हो ठाकुर?' ठेकेदार चमनलाल ने दिल के अंगारों को दबाते हुए अपनी धर्मपत्नी की तस्वीर की ओर इशारा करते हुए पूछा।

'नहीं।' ठाकुर ने उसी सख्ती से उत्तर दिया।

'तुम इसे पहचानोगे भी किस प्रकार?' ठेकेदार चमनलाल बोले, 'कोई एक-दो लड़कियां तुम्हारे जीवन में आईं होतीं तो तुम्हें याद भी रहता। जिसके जुल्म के शिकार में फंसकर हजारों लड़कियां फूल के समान कुचल दी गईं, जिसकी वासना की भूख मिटाने के लिए हर रात एक नई लड़की का होना आवश्यक समझा जाता था, उसे भला एक अकेली की याद भी किस प्रकार रह सकती है?'

'ठेकेदार!' ठाकुर ने आश्चर्य से इधर-उधर देखा, परन्तु क्रोध से कांप कर बोला, 'साफ-साफ बताओ तुम कहना क्या चाहते हो?'

'तुमने सपना को नहीं पहचाना।' ठेकेदार चमनलाल ने ठाकुर की ओर हाथ बढ़ाकर अंगुली उठाते हुए कहा, 'तुम मुझे भी नहीं पहचान सके। परन्तु मैं तुम्हें एक पल भी नहीं

भूल सका। 23 वर्ष से लगातार मैं दिन-रात एक ही आग में झुलस रहा हूं, सोचता रहता हूं कि कब अवसर आए जब मैं तुम्हारे रक्त की आहुति सपना पर दे सकूं। याद करो ठाकुर, मुझे पहचानो, मैं वही चमनलाल हूं जिसको तुमने बन्दी बनाकर कोड़ों से चमड़ी उधेड़ दी थी। जिसकी आंखों के सामने तुम उसकी पत्नी की इज्जत लूटते रहे, उसे नग्न करके शराब से नहलाते रहे। वह दिन, वह समय आज भी मेरी आंखों के सामने है और इसीलिए जीवित हूं कि तुम्हें अपने हाथों से तड़पा-तड़पा कर मार डालूं। इसी में मेरी पत्नी की आत्मा की शांति है।' चमनलाल ने लपककर दीवार में टंगी बन्दूक उठानी चाही।

'खबरदार....।' ठाकुर ने चेतावनी दी। मामले की गहराई को वह समझ चुके थे। देर कर देने पर उनकी जान ही नहीं आन भी मिट सकती थी। ठेकेदार पर बन्दूक तान कर उन्होंने इधर-उधर देखा और चाहा कि गोली दाग दें। ठेकेदार के पैर वहीं जम गए थे। सहसा बाहर एक जीप की आवाज आई तो ठाकुर मुस्करा पड़े। ठेकेदार चमनलाल ने उन्हें आश्चर्य से देखा।

'वह मेरे ही लोग हैं।' ठाकुर ने कहा, 'चलते हुए मेरे पीछे हो लिए थे कि कोई खतरा न उत्पन्न हो जाये, और अब तुम्हें मार देने के बाद इनमें से कोई भी मेरा जुर्म अपने सिर ले सकता है। आगे चलकर अपने पैसे और प्रभाव द्वारा आत्मरक्षा में इस हत्या को प्रमाणित कर देना मेरे लिए कोई बड़ी बात नहीं होगी, घायल को कभी जीवित नहीं छोड़ना चाहिये।'

खिड़की पर छिपे विजय का दिल कांप गया। उसने चाहा कि वह चीखकर अपने पिता को मना कर दे, कूद कर अंदर पहुंच जाए, परन्तु तभी उसकी दृष्टि कमरे में प्रवेश करते हुए किसी आगन्तुक पर पड़ी। फौजी लिबास में एक हट्टा-कट्टा जवान खड़ा था। चमनलाल और ठाकुर नरेन्द्रसिंह दृष्टि पड़ते ही चौंक गये। अपनी कमर से बंधी रिवाल्वर को उसने बाहर निकाल लिया और दो पग पीछे हट कर सावधान हो गया।

'खबरदार जो तुमने हिलने का भी प्रयत्न किया।' वह ठाकुर नरेन्द्रसिंह से बोला, 'बन्दूक फेंक दो वर्ना गोली मार दूंगा।'

ठाकुर नरेन्द्रसिंह के पांव तल धरती खिसक गई। ठेकेदार का मुखड़ा अचानक ही खिल गया। ठाकुर ने पलट कर देखा, परन्तु अभी चमनलाल भी अपनी बंदूक की ओर लपके। ठाकुर ने एक पल भी अब गंवाना उचित न समझा। चमनलाल की ओर पलटकर उन्होंने बन्दूक चलानी चाही थी कि आगन्तुक रुक न सका। रिवाल्वर का ट्रेगर दब गया। एक धमाका हुआ। आस-पास वृक्षों पर बैठे पक्षी चीखकर उड़ गए। कुत्ते भौंकने लगे। विजय ने झांककर देखा। उसके पिता ठाकुर नरेन्द्रसिंह का गौरव मिट चुका था। गोली उनकी बाईं पसली को छेद कर अन्दर चली गई थी। खून में लथपथ वह तर हो चुके थे और आगन्तुक फटी-फटी आंखों से उन्हें देखता ही रह गया, जैसे अनजाने में ही उससे कोई अपराध हो गया था।

ठेकेदार आगन्तुक के पास पहुंचे। उसकी ओर देखकर मुस्कराए, कुछ इस प्रकार मानो उन्हें अब भी संतोष नहीं था। उन्होंने हाथ से रिवाल्वर लेते लाश को देखा, फिर आगन्तुक को।

'यह खून तुमने नहीं, मैंने किया है।' वह बोले।

आगन्तुक ने उन्हें आश्चर्य से देखा।

'हां।' वह एक गहरी सांस लेकर बोले,' और इसका दण्ड भी मुझे हर मिलेगा। तुम नहीं मारते तो मैं मार देता। अफसोस इस बात का है कि यह शैतान अधिक देर नहीं तड़प सका।'

सहसा बाहर कई एक गाड़ियों के पहुंचकर रुकने की आवाज आई। विजय ने आगे बढ़कर देखा-उसके घर का पी.ए., प्राइवेट सेक्रेटरी, दो-चार अन्य कर्मचारी, डी.आई.जी., एम.एस.पी. तथा कुछ कांस्टेबल। उसने वापस खिड़की पर पहुंचकर अन्दर झांका। ठेकेदार

चमनलाल बहुत संतोष से अपने पकड़े जाने की प्रतीक्षा कर रहे थे। उन्हें अब कोई चिन्ता नहीं थी। एक पल के लिए विजय ने अपने आपको पहचाना, अपने दिल की शांति का भेद परखा। वह कौन है? क्या चाहता है? उसकी वह मंजिल कहां है जिसकी तलाश में वह मारा-मारा भटक रहा है। अब उसके पास बचा भी क्या है? खिड़की के पट पूर्णतया खोलकर वह अंदर कूदा। एक ही झटके में उसने वह रिवाल्वर ठेकेदार चमनलाल के हाथों से छीन ली। वह कुछ न बोले। विजय ने फौजी जवान को देखा तो वह दो कदम पीछे हट गया। फटी-फटी आंखों से वह विजय को घूरने लगा!

'आप?' विजय ने उससे पूछना चाहा।

'यह मेरा दामाद है....कल्पना का पति।' ठेकेदार चमनलाल ने आगे बढ़कर क्रोध से कहा।

'ओह!' विजय बोला। उसने गौर से देखा। विनोद! उसने मन ही मन नाम लिया। एक ऊंचा फौजी अफसर। बिल्लों से उसका व्यक्तित्व प्रभावशाली लग रहा था। उसकी आंखों में घने बादल मंडरा गए, विनोद ने उसे आश्चर्य से देखा।

तभी कमरे में अचानक ही शोर-गुल के साथ एक भीड़ प्रविष्ट हो गई, भीड़ में ठेकेदार चमनलाल के नौकर भी सम्मिलित थे। 'छोटे ठाकुर साहब! आप?' ठाकुर नरेन्द्रसिंह के पी.ए. ने पूछना चाहा।

'एस.पी.अंकल....।' विजय उसकी परवाह न करता हुआ एस.एस.पी. साहब की ओर बढ़ा। उसके पिता का एक अच्छा मित्र होने के कारण वह उन्हें एस.पी. अंकल कहकर ही सम्बोधित किया करता था। वह बोला, 'पिताजी का खून हो गया। मेरे ही हाथों।'

'विजय!' विनोद चौंक पड़े।

विनोद को अपने कानों पर विश्वास ही नहीं हुआ ठेकेदार चमनलाल के संतोषजनक मुखड़े पर आश्चर्य की रेखाएं उभर आईं। बाकी सब लोग भी उसे फटी-फटी नजरों से देखने लगे, मानो कहने में उससे कुछ भूल हो गई हो।

'नहीं-नहीं बेटा, ऐसा कैसे हो सकता है। ऐसा कभी नहीं हो सकता।' डी. आई. जी. साहब ने आगे बढ़कर कहा। उन्होंने ठाकुर की नब्ज टटोली और निराश होकर विजय को देखने लगे।

'लेकिन ऐसा हुआ है।' विजय ने जोर देकर कहा, 'जिस समय पिताजी को मैंने इस ओर आते देखा तो मैं भी इनके पीछे-पीछे चला आया। उन्हें गलतफहमी थी कि मैं ठेकेदार साहब के घर में रह रहा हूं। मैंने उन्हें बाहरी गेट पर मना किया, परन्तु वह तैश में थे। उनसे पूछे बिना ही इस कमरे तक चले आए। मैं भी पीछे हो लिया। यह तो बड़ा अच्छा था कि यहां कोई नहीं था वर्ना जाने क्या हो जाता। उन्होंने बंदूक संभाली और दूसरे कमरे में पहुंचे, परन्तु इसी कमरे में मेज पर मुझे एक रिवाल्वर दिखाई दे गई, और मैंने उठाकर पिताजी को गोली मार दी।' विजय के दिमाग ने अचानक ही बहुत तेजी के साथ काम किया तो बड़ी चतुराई से उसने यह अपराध अपने सिर ले लिया।

'केवल इतनी-सी बात पर तुमने पिता को गोली मार दी।' एस. एस. पी. साहब ने उसे घृणा से देखा। रिवाल्वर उसके हाथ से ले लिया।

'पिताजी बहुत क्रोध में थे।'

'क्रोध में थे तो क्या हुआ?' एस. एस. पी. साहब बोले, 'वह किसी को गोली थोड़े मार देते।'

'क्रोध में न होते तो क्या करते?' ठाकुर नरेन्द्रसिंह के प्राइवेट सेक्रेटरी ने भी आगे बढ़कर कहा, 'कितने अरमानों से उन्होंने तुम्हारी शादी का इतना प्रबन्ध किया था। मेहमान भी आने आरम्भ हो गए थे। परन्तु ऐन मौके पर भागकर तुमने उनका कितना बड़ा अपमान किया, यह भी कभी सोचा तुमने? कल रात इन्हें पता चला कि इतने दिनों से तुमको बहकाकर छिपाने वाला कौन है, तो वह एक पल भी अपने को नहीं रोक सके। जिस पिता ने तुम्हें छाती से लगाकर रखा, तुम्हारी खुशी को अपना जीवन समझा, कभी जीवन में

तुम्हें उदास देखना पसन्द नहीं किया, आज तुमने उसी पिता की छाती में गोली मार दी? धिक्कार है तुम पर, तुम्हारे जीवन पर।'

'लेकिन मैंने कहा न कि मैं यहां कभी नहीं रहा। पिताजी को गलतफहमी थी।' विजय ने तड़पकर कहा।

'परन्तु इस गलतफहमी का यह मतलब तो नहीं कि तुम अपने पिताजी का खून कर देते।' एस. एस. पी. साहब ने कहा।

'परन्तु इसका यह भी तो मतलब नहीं कि अपनी गलतफहमी का शिकार होकर वह एक ऐसे सज्जन का खून कर दें जिसका इससे दूर का भी संबंध नहीं।'

'वह हरगिज खून नहीं करते।' ठाकुर नरेन्द्रसिंह के सेक्रेटरी ने झल्लाकर कहा, वह यहां के ठेकेदार साहब से मिलकर बातें करते, और जब उनकी गलतफहमी दूर हो जाती तो वह वापस चले जाते। वह व्यक्ति भला क्या खून करता जिसकी आंखों में दर्द देखते ही आंसू छलक आते थे। वह तो देवता थे-देवता।'

देवता! विजय ने मन ही मन सोचा, फिर बोला, 'जब उन्होंने अपने बेटे की बात का विश्वास नहीं किया तो भला एक पराए पुरुष का क्या विश्वास करते?'

'जानते हो इसका फल क्या होगा?' सेक्रेटरी ने पूछा।

'मृत्यु दण्ड?' विजय जैसे टूटे दिल से बोला, 'और इसका मुझे कोई अफसोस नहीं। अपने पिता की हत्या करके कौन बेटा जीवित रहना पसन्द करेगा?'

सेक्रेटरी खामोश हो गया। उसकी आंखें भर आईं। उसने कंधे पर हाथ रखकर विजय को सांत्वना दी। एक इंस्पेक्टर ने आगे बढ़कर विजय के हाथों में हथकड़ी पहना दी। एस. एस. पी. साहब ने तुरन्त लाश उठवाने का प्रबन्ध किया। विजय के कहने पर भी कि घटना के समय वहां कोई नहीं था, एस. एस. पी. साहब ने ठेकेदार चमनलाल तथा विनोद को

बयान के लिए कोतवाली में उपस्थित होने का आदेश दिया। विनोद एक बड़ा फौजी अफसर था। उसे कोई आपत्ति नहीं हुई। चलते समय विजय ने ठेकेदार चमनलाल को देखा। उनकी समझ में नहीं आ रहा था कि वह क्या करें।

'एस.एस. पी. साहब।' विजय ने भराई आवाज में कहा, 'यदि आज्ञा हो तो एक बात अकेले में ठेकेदार साहब से कह दूं। अकारण ही उनकी कोठी में यह सब हो गया है, इसीलिए उनसे क्षमा मांगना आवश्यक है।'

एस. एस. पी. साहब ने लाश उठाकर बाहर भेजी। बाकी लोगों को भी बाहर जाने का संकेत करके वह एक किनारे खड़े हो गए। विजय ठेकेदार चमनलाल के सामने आया।

'आपको आपकी स्वर्गवासी पत्नी की सौगन्ध, कल्पना और विनोद की सौगन्ध यह दण्ड मुझे ही भोग लेने दीजिएगा।' विजय ने दर्द भरे स्वर में निवेदन किया।

ठेकेदार चमनलाल उसे आश्चर्य से देखने लगे। आंखों की पलकों पर आंसू ढुलक कर रह गए।

'इससे हमारे खानदान के पापों का प्रायश्चित हो सकेगा।' विजय ने कांपते स्वर से कहा, 'इससे कल्पना का सुहाग स्थिर रहेगा, इसे आपकी स्वर्गवासी पत्नी तथा उन तमाम आत्माओं को शांति मिल जायेगी, जो हमारे बाप-दादों के जुल्म का शिकार होकर कुचली जा चुकी हैं, इससे मेरी आत्मा को भी संतोष मिल जाएगा ठेकेदार साहब, मुझे भी संतोष मिल जाएगा।'

ठेकेदार साहब के गालों में आंसू छलक आए। एक बार मन में आया कि विजय को बचा लें, परन्तु फिर वास्तविकता खुलने का डर उत्पन्न हुआ। 'उनकी बेटी का क्या होगा? उसके भविष्य का क्या बनेगा?' मन चाहा कि विजय को गले लगा लें, परन्तु तब तक विजय आगे बढ़ चुका था।

दरवाजा पार करते समय उसे विनोद मिला-अत्यंत गंभीर, उदास, मुखड़े पर हैरत और दर्द के भाव लिए। विजय उसके समीप आया। उसके कंधे पर हथकड़ियां समेत दोनों हाथ रखकर उसकी आंखों में झांका, तो उसने दृष्टि नीचे कर ली।

'ठेकेदार साहब से मिल लो, अभी....।' विजय ने अपने दिल पर पत्थर रखकर कहा, 'वह तुमसे कुछ कहना चाहते हैं। तुम्हें मेरी सौगन्ध, उनकी किसी भी बात को मत ठुकराना।'

विनोद ने उसे देखा-कुछ आश्चर्य से। विजय की आंखें छलकती गईं। आगे बढ़ा। सिर झुकाए, जाकर पुलिस की जीप में बैठ गया।

कचहरी और मुकदमा-पूरे छः मास बीतने को आए। इस बीच उसकी मां उसे एक बार भी देखने नहीं आई। जिस बेटे ने उसके देवता समान सुहाग ही हत्या कर दी, उसे वह किसी भी अवस्था में क्षमा नहीं कर सकी। उसके पक्ष में एक शब्द भी कहना उसने स्वीकार नहीं किया। खानदानी एडवोकेट ने बताया कि इस हादसे से उनके दिमाग पर ऐसा धक्का लगा है कि बार-बार बेहोशी छा जाती है। खाने, पहने, किसी भी बात का ध्यान नहीं रहा। मां की अवस्था का अनुभव करके उसके दिल को धक्का लगा। सहानुभूति से उसका दिल भर गया, परन्तु मां पर अपने पिता की सारी वास्तविकता प्रकट करके किस प्रकार वह उसके विश्वास को धक्का पहुंचाया। उसका तो दम ही निकल जाएगा। कितने विश्वास से वह पिताजी को देवता समान पूजती है। उसने खामोश रहना ही उचित समझा।

विजय ने भी अपना अपराध स्वीकार करने के बाद अदालत के हाथ में अपना निर्णय छोड़ दिया। मुकदमे के दौरान उसे पता चला कि ठेकेदार चमनलाल हृदय गति के बंद हो जाने के कारण परलोक सिधार गये। विनोद को किसी प्रकार की गवाही के लिए बुलाने का कोई प्रश्न ही नहीं उठता था, क्योंकि पाकिस्तान से जंग जोरों पर थी। एस. एस. पी. साहब ने उसका बयान लेने के पश्चात् उसकी रिवाल्वर वापस लौटा दी थी, क्योंकि उसे

किसी भी समय जंग पर बुलाया जा सकता था। इन छः मासों में से उसे कल्पना बहुत याद आई। उसका रूप देखने के लिए उसकी आंखें तरस गई। जाने कैसी हो वह? विनोद उसे बहुत प्यार करता होगा। निश्चय ही। वह सुन्दर ही इतनी है।

डिफेन्स काउन्सिल ने उसे बचाने के लिए धरती-आकाश एक कर दिया, परन्तु सरकारी वकील ने स्वर्गवासी ठाकुर नरेन्द्रसिंह के चाल-चलन को पवित्रता के तराजू में तौलते हुए कहा कि उनके मर जाने से राजस्थान की जनता को ही नहीं सारे देश को भी एक बड़ी हानि पहुंची है। निश्चय ही आगे चलकर मंत्री पद पाते ही वे अपने देश की बहुत सारी कमियां पूरी कर सकते थे, जिसकी आज प्रत्येक भारतवासी को आवश्यकता है। सरकारी वकील ने विजय के इकरारे जुर्म को सामने रखते हुए मांग की कि ऐसे कातिल को सख्त से सख्त सजा दी जाए, जिसने देश के एक चमकते सितारे को बुझाने का अपराध किया है और जिसने एक नारी का सुहाग उजाड़ने में भी संकोच नहीं किया।'

और उसे सजा हो गई। मृत्युदण्ड नहीं मिला, परन्तु आजीवन कारावास अवश्य हुआ। अदालत के होंठों से इसे सुनकर उसे कोई दुःख नहीं पहुंचा वरन होंठों पर एक दर्द भरी मुस्कान उभर आई। उसने एक गहरी सांस ली जैसे जीवन के पथ पर दौड़ते-दौड़ते वह थक चुका था कि उसकी मंजिल आ गई है। आंखों में आंसू आ गए तो उसने इन्हें गिरने से पहले हथेली से रोक लिया। उसने देखा-उनके अरमानों की भेंट, कल्पना। उसकी कल्पना जीवन पाकर हकीकत बन गई थी।

पहले रविवार को उससे कल्पना मिलने आई थी। अखबारों में उसकी सजा पढ़कर ही वह उस तक पहुंची थी। कैसी-कैसी बात उसने बताई थी। किस कदर बदल चुकी थी वह। पति के मारे जाने के बाद वह हवाओं के थपेड़ों के सहारे प्रकाश तक भटक गई थी। उसका जीवन हकीकत में फिर कल्पना बन गया था। कल्पना ने बताया कि उसक पति पहले ही मातृभूमि की भेंट चढ़ चुका था। ठेकेदार साहब का देहान्त तो बाद में हुआ था।

कल्पना, उसकी अपनी कल्पना, उसके दिल की धड़कन। बेख्याली में कई बार उसने कल्पना का नाम दोहराया।

चीं-चीं-चीं-चीं-चीं-चीं-चीं-चीं।

वह चौंक पड़ा। उसे ज्ञात हुआ कि वह सोचते-सोचते अपने जीवन की एक-एक बात दोहरा गया है। हर याद एक हकीकत बन कर आई और चली गई। रात बीत चुकी है और सुबह की पहली किरण फूट कर रोशनदान से प्रविष्ट हो रही है। वह किरण अन्दर आकर सीधी दीवार की ताक पर रखी लालटेन पर पड़ रही थी। लालटेन का प्रकाश लाल होकर मद्धिम हो गया। कोठरी का वातावरण एक नए प्रकाश से उजागर हो रहा था। उसने रोशनदान की ओर आंखें उठाईं। घोंसले के छोटे-छोटे तिनके किरण की सुनहरी चमक पाकर चांदी के समान दिखाई दे रहे था। पक्षी बार-बार एक ही स्थान पर उड़ रहा था, इधर-उधर खिसक रहा था। दूर स्वच्छ क्षितिज की सीध में उसने देखा, अंडे का एक छिलका किनारे सरक गया है। उसके मन में अजीब-सी गुदगुदी हुई। उठकर वह खड़ा हो गया तो देखा अंडे फूट चुके हैं और छोटे-छोटे बच्चों से नीड़ भरा पड़ है।

चीं-चीं-चीं-चीं।

उसके होंठों पर मुस्कान थिरक गई। आज दो अक्तूबर है, सन् 1961। आज गांधी जयन्ती है। आज का दिन कितना सुन्दर है-कितना अधिक सुन्दर। आज पक्षी के इन बच्चों को जन्म मिला है-आज उसके जीवन को भी एक नया प्रकाश प्राप्त हुआ है-आज उसके जीवन को भी एक नया प्रकाश प्राप्त हुआ है। इस प्रकाश को ग्रहण वह अब सदा-सदा के लिए कल्पना को बहुत दूर ले जाएगा-बहुत दूर। उसके प्यार की सीमा देखकर ही तो भगवान ने उसके लिए यह आजीवन कारावास-यह बीस वर्ष की सजा, केवल साढ़े तीन वर्ष में ही समाप्त कर दी है। कल्पना? कहां होगी वह...? हां प्रकाश की छांव में, उसकी सुरक्षा में। अपना भविष्य न जानते हुए भी कल्पना को निराश किया था, परन्तु वह तब

भी वचन देकर गई थी कि जीवन भर उसकी राह देखेगी। कल्पना, तुम कितनी महान हो। तुम्हारा प्यार धन्य है। तुम्हारी कल्पनाएं कितनी बेमिसाल है। कल्पना....।'

और तभी एक सिपाही ने उसकी कोठरी का दरवाजा खोला। सींखचों में फंसी खिड़की हिली तो कल्पनाएं अधूरी रह गई, उसने चमकती दृष्टि से सामने देखा। जेलर साहब स्वयं आगे आकर उसे आजादी का परवाना पेश कर रहे थे। उसकी दिल खुशी से अंदर ही अंदर गुदगुदा गया। उसने आगे बढ़कर झुकते हुए उनके चरण छू लिये।

विजय। जेलर साहब बोले, 'जब से तुम्हारा तबादला इस जेल में हुआ है मैंने तुमसे कोई ऐसी बात नहीं पाई जिससे अनुमान कर सकूं कि तुम वास्तव में एक हत्यारे हो। कभी-कभी ऐसा प्रतीत होता है जैसे तुम अपनी नहीं किसी दूसरे की सजा भुगत रहे थे। तुम कभी कातिल नहीं हो सकते। इसलिए मैंने तुम्हारे लिए विशेष सिफारिश की थी। मुझे नहीं बताओगे अपना राज अब तो तुम स्वतन्त्र हो।'

विजय के होंठों पर हल्की-सी मुस्कान आई और गुम हो गई। बोला, 'अपनी बीती सुनाने के लिए तो मुझे एक अच्छे-खासे समय की आवश्यकता पड़ेगी। इसे फिर कभी सुनाऊंगा जेलर साहब, तब मैं अकेला नहीं रहूंगा। तब मेरे साथ मेरी कल्पना रहेगी-एक हकीकत का रूप लेकर। यह सब उसी के प्यार का तो फल है, जो समय से पहले भगवान ने मुझे मुक्त कर दिया। बीस वर्ष जेल में रहकर तो मेरा दम ही घुट जाता।'

'तुम्हारी कल्पना कौन है मैं जान सकता हूं?' जेलर साहब ने कहते हुए दीवारों की ओर देखा।

विजय ने कोयला तथा ठिकरा से रेखाएं खींच-खींच कर अनगिनत रूप बना रखे थे। हर रूप का अर्थ एक ही था, झलक एक ही थी, कल्पना एक ही थी-निराशा-घोर निराशा। उसकी कल्पना हकीकत बनने को तरस रही थी।

'मेरी कल्पना?' विजय ने एक आह भरी, परन्तु फिर इसे प्राप्त करने का विश्वास लिए मुस्करा कर बोला, 'मेरे बच्चे की मां है वह। अब तो तीन वर्ष की आयु हो चली होगी। एक देवता ने उसे अपने घर में शरण दे रखी है, अपनी पत्नी बनाकर।'

'पत्नी बनाकर?'

'हां जेलर साहब।' विजय के होंठों पर एक मुस्कान आई। इस मुस्कान में उसके विश्वास की चमक अधिक थी। वह कहता ही गया, 'उस देवता ने उसे इसलिए पत्नी बनाया ताकि समाज का मुंह बन्द कर सके। और कोई सम्बन्ध उनमें नहीं है।'

'फिर भी...।' जेलर साहब चिंतित होकर बोले, 'विवाह के उस बंधन को तोड़कर क्या वह तुम्हारे पास आ सकेगी।'

'विवाह उसका उससे नहीं, मुझसे हुआ है जेलर साहब।' विजय जल्दी से बोला, परन्तु इस प्रश्न के अंदर अचानक ही एक संदेह का दर्द उत्पन्न हो गया था, फिर भी उसने इस पर विश्वास का लबादा डाल दिया, 'वह मेरी संतान की मां है। उस देवता ने तो उसे स्वयं ही छट दे रखी है कि जब चाहे वह चली जाए। वह स्वयं भी उससे बहुत दूर रहता है।'

'क्यों?' जेलर साहब की दिलचस्पी बढ़ी।

और विजय ने जेलर साहब का बहुत अच्छी बातें सुनाईं-अपने और कल्पना के सम्बन्ध में, विनोद के सम्बन्ध में। उसने यह भी बताया कि वह कल्पना की खुशी के साथ-साथ अपने बाप-दादों के पापों का प्रायश्चित भी कर लेना चाहता था, इसलिए उसने यह कठोर सजा स्वीकार की। जीने की उसकी चाह नहीं रह गई थी। परन्तु भाग्य में जाने क्या लिखा है। कुदरत उससे क्या चाहती है वह अब तक नहीं समझ सका। परन्तु विजय ने सब कुछ बताने के पश्चात् भी उस देवता का नाम नहीं लिया जिसने कल्पना को शरण दे रखी थी। उसका नाम लेकर वह उसे बदनाम नहीं करना चाहता था। कल्पना के जाने के बाद जाने किस प्रकार अपने सम्मान को स्थिर रखने का रास्ता ढूंढना पसन्द करेगा।

जेलर साहब ने देखा, विजय की हर बात में एक ठोक विश्वास है। इस विश्वास की नींव में केवल प्यार था-निस्वार्थ प्यार। वास्तव में कल्पना उसकी प्रतीक्षा अवश्य कर रही होगी, उसके कंधे पर हाथ रखकर उन्होंने उसको शुभकामनाएं दीं। उसे आशीर्वाद दिया। फिर एक अंगूठी उसकी ओर बढ़ा दी।

'यह रही तुम्हारे प्यार की एक महत्वपूर्ण निशानी...।' वह बोले, 'तुम्हारी वस्तुओं में यही एक अंगूठी इतनी कीमती थी कि मैं स्वयं ही इसे यहां आया। कपड़े तुम वहां जाकर ले सकते हो।' उन्होंने एक ओर इशारा किया।

विजय ने अंगूठी ले ली। उसे चूमा, पलकों से लगा लिया, एक युग के बाद उसने इसे पाया तो महसूस किया कि मानो व्याकुल मन को शांति का अम्बर प्राप्त हो गया है। अंगूठी को उसने पहन लिया और जेलर साहब के साथ-साथ बाहर निकल गया।

'जेलर साहब।' बाहर पहुंचते-पहुंचते उसने कहा, 'मेरा भेद केवल आप तक ही रहे तो आभारी रहूंगा।'

और जेलर साहब उत्तर में मुस्करा कर उसकी पीठ पर हाथ फेरने लगे।

<h2 style="text-align:center">तीन</h2>

जंगल में मंगल। प्रकाश की बंगलनुमा कोठी में आज पहली बार चहल-पहल थी। पप्पी के जन्मदिवस के अतिरिक्त आज एक विशेष शुभ अवसर भी था, जिसे केवल कल्पना और प्रकाश ही जानते थे। इस शुभ अवसर के लिए प्रकाश को कितने अधिक दिनों से प्रतीक्षा थी-शायद उस दिन से जब पप्पी ने जन्म भी नहीं लिया था। अपने घनिष्ठ मित्रों को उसने पूरे कुटुम्ब के साथ बुलाकर इस शुभ अवसर को किसी विवाह की रौनक से कम नहीं रखा। ऐसे अवसर के लिए तो उसके मित्र भी तरसते थे-पिकनिक की पिकनिक हो जाये और शिकार का शिकार भी। ठहरने को इससे अच्छा स्थान क्या मिल सकता था? कोठी का पिछला भाग कई दिनों से बंद पड़ा था। प्रकाश ने वहीं सारे कमरे खुलवाकर

सब के रहने का प्रबन्ध कर दिया था। नौकरों के होते हुए भी वह इधर-उधर दौड़ता रहा, हरेक की सेवा करता रहा। ऐसा प्रकट होता था मानो यहां किसी की बारात आकर टिकी है।

उसका मन करता था कि वह अपनी इस खुशी में सारे ही मित्रों को सम्मिलित कर ले। उन्हें बताए कि उसने कल्पना का मन कितनी कठिनाई से जीता है। वह किस प्रकार उसे चाहने लगा था-आरंभ से ही। किस प्रकार पति-पत्नी बनकर वे आपको ही नहीं सारे संसार को भी धोखा देते रहे थे। सोचता, संसार का मुंह सदा खुला है। इसी बहाने उसके मित्र कभी उसका मजाक उड़ा सकते हैं। वह अपने दिन की प्रसन्नता केवल कल्पना को ही बताकर सब्र कर लेता। कल्पना जानती थी, जैसे-जैसे पप्पी का जन्मदिवस निकट आ रहा था, प्रकाश के दिल की बेचैन प्रसन्नता भी उतनी ही बढ़ती जा रही थी। और आज जब वह दिन आ गया, तो प्रकाश जैसे अपना सब कुछ उसके लिए लुटा देना चाहता था। हर पल जब भी वह कल्पना के समीप से गुजरता तो उसे ऐसी मुस्कराती दृष्टि से देखता कि वह लज्जा से अपनी पलकें नीची कर लेती। यदि प्रकाश के समीप से गुजरते समय वह अकेली होती तो वह बिना झिझक उसे छाती से लगा लेता। फिर इधर-उधर देखकर स्वयं से ही लज्जित होकर भाग जाता।

दिन में एक बार वह यूं ही हाथ में फूलों का गुच्छा लिए कल्पना के समीप से गुजर रहा था कि दिल फिर बेसब्री से मचल उठा। कल्पना अकेली मेज पर चादर बिछा रही थी। प्रकाश ने फूल मेज पर डालते हुए उसका हाथ पकड़ा। चाहा कि खींचकर उसे अपनी छाती से लगा ले, परन्तु तभी किसी की खंखार सुनकर चौंकते हुए वह अलग हो गया।

'भई क्षमा करना चाहा कि आंखें बंद कर लूं, परन्तु नजर मानी ही नहीं।' एक मित्र ने समीप आते हुए कहा। उसके साथ उसकी पत्नी भी थी। वह खिलखिलाहट हंस पड़ी।

कल्पना धरती में गड़ गई।

'क्या करूं भाभी।' मित्र की धर्मपत्नी कल्पना से बोली, 'मैंने तो इन्हें रोकने का प्रयत्न किया था, परन्तु यह भला कब मानने वाले हैं?'

कल्पना का मन हुआ यहां से भाग जाये। किसी से नजर तक मिलाना उसके लिए कठिन हो गया।

'इसे कहते हैं प्यार। चार वर्ष से ऊपर हो गए विवाह को, परन्तु अब भी यह ऐसे ही रहते हैं मानो कल ही इनकी शादी हुई है।' मित्र की पत्नी ने अपने पति को आड़े हाथों लिया 'और तुम हो कि शादी से पहले तो मेरी दुम का पुछल्ला बने फिरते थे, कहते थे डार्लिंग मैं तुम्हारे बिना जीवित नहीं रह सकता, तुम्हारे लिए आकाश से सितारे तोड़कर ला दूंगा, डार्लिंग, हम हनीमून के लिए पेरिस चलेंगे, इत्यादि, इत्यादि और जब विवाह हो गया तो...।'

प्रकाश और कल्पना के होंठों से हंसी के फव्वारे छूट गये।

'अरे-अरे मधु।' उसके पति ने अपना दामन बचाकर लजाते हुए इधर-उधर देखा।

'मधु नहीं, हनी, हनी कहो...।' वह प्यार से बोली।

'हां-हां-हनी, हनी डार्लिंग।' उसका पति सटपटाया, 'यह सब तुम क्या बखेड़ा लेकर बैठ गई? जरा सोचो तो यह किसका घर है। अपने घर की बात होती तो...।'

'तुम चुप रहो।' मधु न डांट पिलाई, 'प्रकाश भय्या से हमें क्या छिपाना? चार वर्ष पहले जब इन्होंने अपने माता-पिता से छिपकर विवाह किया था तो क्या हमको अपना राजदार नहीं बनाया था? केवल यही हमारा दुर्भाग्य है कि हम इतने वर्ष के बाद पहली बार भाभी को देख रहे हैं।'

प्रकाश ने गंभीर होकर कल्पना को देखा। कल्पना भी गंभीर हो गई। प्रकाश ने सोचा, अच्छा ही हुआ जो उसके पहले विवाह के कुछ दिन बाद उसकी पत्नी का चाल-चलन गलत सिद्ध हो गया वरना एक दिन शीघ्र ही वह सारे दोस्तों को बुलाकर पार्टी कर देने

वाला था। अच्छा ही हुआ वह जो मर गईं।अगर कल्पना उसके जीवन में इस प्रकार प्रविष्ट हो गईं।कि वह अपनी इच्छा से विवाह करके किसी के आगे दोषी नहीं ठहरा, वर्ना संसार में तो वह किसी को मुंह दिखाने योग्य भी नहीं रह जाता।

'यार प्रकाश...।' उसके मित्र ने लज्जित होकर अपनी झेंप मिटाई, 'तुम्हारी भाभी ने अपनी तो जो सुनाती थी, सुना दी। परन्तु इनसे जरा यह भी पूछ लो कि...।'

'राकेश...।' प्रकाश ने उसे टोका। वह नहीं चाहता था कि ऐसे शुभ अवसर पर कोई गंभीर बात हो जाए।

परन्तु तभी मधु अचानक ही आंसू बहाकर सिसकियां लेने लगी। रूमाल द्वारा अपने नयन पोंछकर कुछ जल्दी से बोली, 'हां-हां, सारा दोष तो मेरा ही है, तुम्हारा दोष भला होगा भी क्या? मेरी तो किस्मत ही...।'

'उफ्फोह!' राकेश ने लपककर मधु को कंधे से पकड़ लिया। आज यहां खुशी का दिन है। हम क्या यहां लड़ने आए हैं, जो तुम यह सारी बातें सुनाने लगी? अच्छा बाबा, मैं हारी तुम जीतीं। सारा दोष मेरा ही है। आज से मैं भी उठते-बैठते तुम्हें प्यार करता रहूंगा। बस? आओ, मेरी बांहों में समा जाओ ताकि मैं तुम्हें प्यार कर लूं। बस? आओ....आओ।'

मधु लज्जा गई। लज्जा कर राकेश की छाती पर सिर रख दिया, तो प्रकाश ने एक जोरदार ठहाका लगाया। कल्पना भी खिलखिलाए बिना रह न सकी। प्रकाश ने देखा, कल्पना आज खिलखिलाते समय और दिनों से भी कहीं अधिक सुन्दर लग रही है। उसने उसे फिर पकड़ना चाहा, परन्तु वह पीछे हट गई।

'सारी पार्टी तो जंगल की सैर के लिए सुबह ही निकल गई और तुम दोनों अब जा रहे हो।'

'हां।' राकेश ने बहुत व्यंग्यात्मक दृष्टि से मधु को देखत हुए अपना सर खुजलाया और बोला, 'तुम्हारी भाभी बहुत धार्मिक है।। जब तक पूजा पाठ कर लेने के बाद प्रसाद

मेरे मुंह में नहीं डाल दें, कुछ खाती नहीं। इन सब कामों के बाद की घर से बाहर निकलना गवारा करती है।'

प्रकाश हंस पड़ा। कल्पना भी होंठ दबाकर मुस्करा दी।

परन्तु उसकी बातों का अर्थ मधु समझ चुकी थी। कुलबुला कर वह झट राकेश से अलग हो गई। आंखें निकालकर दिखाई तो राकेश झट आगे बढ़ता हुआ प्रकाश की ओर पलटा।

'अच्छा प्रकाश, सो लांग...।' हाथ द्वारा उसने इशारा किया और मधु की कमर में हाथ डाल लिया।

परन्तु कमरा पार करने के लिए जैसे ही वह दरवाजे पर पहुंचा एक ओर दीवार पर टंगी तस्वीर देखते ही वह ठिठक गया। मधु ने उसे आश्चर्य से देखा, परन्तु उसने इसकी जरा भी परवाह नहीं की। वह उसको छोड़कर मित्र के और समीप आया, यह तस्वीर कहीं देखी है, शायद यह तस्वीर नहीं, परन्तु इसके समान रूप रेखाएं लटें उलझी और बिखरी हुई-हां-हां बिल्कुल ऐसा ही अंदाज! और तभी अचानक उसके सामने एक कैदी का मुखड़ा घूम गया-विजय! विजय भी तो ऐसा ही रूप खींचा करता था। जेल की कोठरी में हर जगह उसने कोयले या ठीकरे से दीवारों पर केवल यही आकार खींच रहा था। कल्पना। बिल्कुल वही रूप, वही आंखों का आकर्षण वैसा ही अन्दाज। विजय ने उसे यह भी तो बताया था कि उसने कल्पना को एक चित्र बनाकर दिया है। कल्पना! तो क्या...उसने अपने मस्तिष्क पर जोर दिया।

सहसा वह चौंक पड़ा। मधु उसे खींचते हुए कह रही थी, 'अब चलो भी या चित्रकारी ही देखते रहोगे? यूं ही काफी देर हो चुकी है।'

उसने मधु को देखा। फिर अंदर को पलटा। प्रकाश अपने काम में व्यस्त था। परन्तु कल्पना उसे ही देख रही थी, बहुत ध्यान से। उसका दिल अचानक ही धड़कने लगा था।

राकेश गंभीर होकर बोला, क्या हर्ज है यदि हम आज घूमने न जाएं। घूमना तो कल पर भी स्थगित हो सकता है।'

मधु ने उसे आश्चर्य से देखा।

'देखो ना, आज पप्पी का जन्म दिवस है।' वह प्यार से बोला, 'प्रकाश और कल्पना पर कितना काम आ पड़ा है। अब यदि सबके साथ हम भी इसका हाथ न बंटाए तो...।'

'हां, यह बात तो ठीक है।' मधु अन्दर को पलटी, 'कभी-कभी तुम बुद्धिमानी की बात कर जाते हो।'

राकेश के मन को संतोष मिला। परन्तु एक दिली संतोष वह उस चित्र को देखते ही खो चुका था। मन इस बात का विश्वास करने से स्पष्ट इन्कार कर रहा था कि यह कल्पना विजय की ही कल्पना हो सकती है। प्रकाश तो उसका पुराना मित्र है। उसने अपनी शादी में उसे आज से लगभग चार साल पहले बुलाया भी था, जब वह कोर्ट में चुपचाप शादी करने जा रहा था। परन्तु उन दिनों मधु की तबियत अचानक ही इतनी खराब हो गई थी कि वह उसके पास नहीं पहुंच सका था।

वह वापस आया। प्रकाश के मना करने के पश्चात् भी उसने और मधु ने हाथ बंटाना नहीं छोड़ा। प्रकाश बार-बार कहता रहा कि घर में नौकर हैं, चाकर हैं, सब संभाल लेंगे, परन्तु वह नहीं माने । मधु ने यह कहकर प्रकाश को चुप कर दिया कि सब काम नौकरों पर छोड़ देने से वह बात इन्तजाम में नहीं आती, जो स्वयं के करने से उत्पन्न होती है।

राकेश ने फूलों को उचित स्थान पर सुन्दरता से लगाया। बैलून के कमरे की सुन्दरता को तरतीब दी। यहां बच्चे खड़े होंगे। वहां केक रखा जाएगा। इस ओर रेडियोग्राम होना चाहिये ताकि बच्चों के नाचने के लिए जगह काफी निकल सके, आदि आदि। परन्तु दौड़-धूप और काम-धाम के बीच उसने देखा कि कल्पना अत्यधिक गंभीर है। काम करते-करते वह खो जाती है, इतना अधिक कि उसे किसी बात का ध्यान नहीं रहता। वह केवल

चौंकते हुए तभी मुस्कराती है, जब उस पर किसी की दृष्टि कुछ देर के लिए टिक जाए।
ऐसा मालूम पड़ता था मानो वह प्रयत्न करके अपने गम पर मुस्कराहट का पर्दा डाल रही
है। राकेश ने बहुत देर तक उसे परखा, चोर दृष्टि से और हर बार उसे केवल यही उत्तर
मिला कि उसके दिल में निश्चय ही कोई भेद है जिसे वह छिपाने पर विवश है। परन्तु तब
भी वह इस पर विश्वास नहीं करता चाहता था, उस समय तक जब तक कि इसका उसे
पूरा प्रमाण न मिल जाए।

मधु क्राकारी का निरीक्षण कर रही थी। एक ओर बिल्कुल एकान्त में खड़ी शायद
कोई भोजन बना रही थी कि राकेश उसके समीप आ खड़ा हुआ। 'मधु।' उसने धीमे स्वर
में कहा-'हनी डीयर, तुमको शायद याद है जब प्रकाश ने अपने विवाह में आज से चार
वर्ष पहले हमको विशेष तौर पर आमन्त्रित किया था?'

'हां-हां, क्यों नहीं।' मधु ने आश्चर्य से देखा, 'क्यों?'

'प्रकाश ने अपनी होने वाली पत्नी का नाम क्या बताया था?'

'कल्पना ही बताया होगा।' वह बोली, 'अब मुझे क्या वह नाम अब तक याद रहेगा।'

'तुमने कहा था कि वह नाम तुम्हारी किसी नजदीकी सहेली का नाम भी है।' राकेश
ने उसे याद दिलाने का प्रयत्न किया।'

एक पल के लिए मधु के हाथ रुक गए। मस्तक पर हल्का-सा बल दिया और तभी
जैसे आश्चर्य से बोली 'अरे हां, उसका नाम तो अर्चना था।'

'अर्चना...।' राकेश ने दुहराया।

'हां-हां, उसका नाम प्रकाश भाई साहब ने अर्चना ही लिखा था, मुझे अच्छी तरह
याद है।'

राकेश एक पल के लिए उलझन में डूब गया। फिर अर्चना कहां गई? क्या हुआ उसका? शायद अर्चना से उसका विवाह हो नहीं सका। बाद में शायद फिर कल्पना से कर लिया हो।

'राकेश-।' मधु ने गंभीर होकर इधर-उधर देखा, 'यह सब क्या चक्कर है?'

'तुमको याद होगा कुछ दिनों पहले मैं प्रायः ऐसे एक कैदी का वर्णन किया करता था जो देखने में बहुत सुन्दर था, परन्तु सदा खोया-खोया-रहता था।'

'कौन?' जिसके बारे में तुम बताते थे कि वह दीवारों पर तस्वीरें खींचा करता है।'

'हां-हां, वही-।' सहसा प्रकाश को अपनी ओर आता देखकर राकेश ने झट कहा, 'अच्छा अभी तुम काम करो। सारी बातें मैं तुम्हें बाद में बताऊंगा। अपने व्यवहार से किसी प्रकार की खोज-बीन या चिन्ता मत प्रकट करना। भाभी बेचारी कि दिल पर कोई गम का बोझ मालूम पड़ता है।'

मधु ने एक बार राकेश को देखा, फिर झट से व्यस्त हो गई। राकेश स्वयं अभी तक किसी नतीजे पर नहीं पहुंच सकने के कारण उलझन महसूस कर रहा था। प्रकाश उसके समीप आया। उसे देखकर मुस्कराया।

'भाभी से रोमांस कर रह थे?' उसने पूछा।

'कभी-कभी मूड आ जाता है।' राकेश भी हंस पड़ा। उसने देखा प्रकाश आज बहुत खुश है, इतना अधिक कि शायद ही उसने अपने जीवन में उसे इस प्रकार देख होगा। उसकी खुशी उसके हंसते हुए मुखड़े पर लाली लेकर दौड़ जाती थी, 'तुम भी तो कल्पना भाभी से इश्क लड़ाते रहते हो।'

प्रकाश हंस पड़ा।

'प्रकाश!' सहसा राकेश ने गंभीर होकर पूछा, 'तुम भाभी से बहुत प्यार करते हो?'

'इसमें भी कोई संदेह है?' प्रकाश ने उसे आश्चर्य से देखा, 'कौन अपनी पत्नी को प्यार नहीं करता?'

'नहीं, मेरा यह अर्थ नहीं है।' राकेश बोला, 'मेरा मतलब मैंने कई बार महसूस किया है कि तुम भाभी को कुछ अधिक ही प्यार करते हो, जैसे उनके बिना एक पल भी रहना तुम्हारे लिए अत्यन्त कठिन है।'

'हां राकेश!' प्रकाश ने गंभीर होकर एक आह भरी, 'तुम्हारी भाभी को मैं इतना ही चाहता हूं। शायद इससे भी अधिक। कल्पना मेरी जान है। आत्मा है। वह भी मुझे इतना ही प्यार करती है।'

राकेश कुछ न बोला। परन्तु उसके मन की उलझन बढ़ती ही जा रही थी। एक बार उसने सोचा कि प्रकाश उसका अच्छा मित्र है। उससे सब कुछ पूछ ही डालें, परन्तु फिर यह सोचकर रुक गया कि इस अवसर पर उसे किसी प्रकार लज्जित करना उचित नहीं। वास्तविकता अपने आप मालूम हो गई तो ठीक है वर्ना बाद में उसके पूछने पर प्रकाश तो सब कुछ बता देगा। अधिक पूछताछ करने से वह उसकी दृष्टि में गिर सकता था।

काम लगभग समाप्त हो चला था। अब केवल नौकर के योग्य ही सब कुछ रह गया था। कल्पना हाथों में एक सुन्दर शीशे का गुलदान लिए सोच रही थी कि किस स्थान पर रखने से फूल इसके अंदर अच्छे लगेंगे। तभी राकेश यहां से गुजरा तो अपना नाम प्रकाश की आवाज में सुनकर ठिठक गया। वह खंभे की आड़ लेकर वही पर्दे के पीछे हो गया।

'कल्पना-।' प्रकाश कह रहा था, 'राकेश मेरा बहुत अच्छा मित्र है। कभी-कभी मन करता है उसे अपना राजदार बना लूं। अकेले मुझसे इतनी बड़ी खुशी बर्दाश्त नहीं हो रही। तुम नहीं जानती उसका दिल कितना नर्म और नाजुक है। राकेश और भाभी दोनों ही बहुत अच्छे हैं, बच्चों के समान लड़ते हैं और फिर एक हो जाते हैं। मुझे तो विश्वास ही नहीं होता कि राकेश एक जेलर है।'

कल्पना ने प्रकाश को देखा।

'अरे हां, मैं तो उससे पूछना भूल ही गया कि गांधी जयंती पर उसने कितने कैदियों को रिहाई दिलाई।' प्रकाश ने अचानक ही कहा, 'कैदियों के साथ यूं घुल मिलकर रहता है मानो...।'

परन्तु तभी कल्पना का हृदय बहुत जोर से धड़का। हाथ कांप गए और फूलदान छूट गया। फर्श पर गिरते ही वह शीशे के टुकड़ों में चूर-चूर हो गया।

'अरे!' प्रकाश चौंक गया। आगे बढ़कर उसने कल्पना को कमर से थामा और उसकी आंखों में झांका। गहरे काले बादल उभर कर कल्पना के मुखड़े को आकाश के समान प्रभावित किए हुए थे। उसकी होंठ अब तक कांप रहे थे मानो वह सिसक पड़ेगी।

'क्या बात है कल्पना?' उसने चिन्तित होकर पूछा, 'तुम फिर उदास हो गई। आज तो हमारे जीवन का सबसे अधिक खुशी का दिन है, फिर वह खोयापन तुम पर शोभा नहीं देता।'

'आपकी खुशी में सम्मिलित होकर अपने आपको खो देना चाहती हूं-।' वह कांपती सी आवाज में बोली, 'परन्तु इधर पिछले दिनों से जाने क्यों मेरा मन अकारण ही परेशान रहने लगा है। रात-रात भर विचित्र सपने देखती रहती हूं। कल रात तो एक ऐसा भयानक सपना देखा कि अब तक दिल घबरा रहा है।'

'यह तुम्हारा भ्रम है कल्पना।' प्रकाश ने उसे कंधों से पकड़ कर प्यार से सान्त्वना दी, 'भला अब तुम्हें किस बात की चिन्ता है। हां, यदि तुमको पप्पी के डैडी याद...।'

'नहीं-नहीं।' कल्पना तड़पकर बोली, 'आपका प्यार पाकर मैं अपने पति की याद भी लाना उचित नहीं समझती। आपने मुझे शरण देकर क्या नहीं दिया। प्यार...सुख...शांति...खुशियां।'

'तुमने भी तो मुझे सब कुछ दे दिया है।' प्रकाश ने उसका मुखड़ा और थोड़ा ऊपर किया। उसकी भीगी पलकों के आंसू अपनी अंगुली द्वारा पोंछता हुआ वह बहुत प्यार से

बोला, 'यह तो संयोग ही बात है कल्पना। न अर्चना अवारा बनती, अपनी शर्म मिटाने के लिए बाहर जहर खाकर मरती और न मुझे तुमको अपनाने का सौभाग्य प्राप्त होता।'

कल्पना ने प्रकाश को देखा। अर्चना के बारे में कहते हुए प्रकाश को जरा भी गम नहीं था। शायद दिल के अंदर अवश्य कोई घाव हो। अर्चना उसकी पत्नी थी। बहुत विश्वास से प्रकाश ने उसे प्यार करके अपनाया था। अचानक ही निराशा पाकर किसका चोट न लगेगी।

'आज का दिन हमें सदा याद रहेगा।' प्रकाश फिर बोला, 'हम पति-पत्नी होकर भी आपस में कितने अधिक दूर था! परन्तु आज के दिन ने हमें सदा के लिए एक कर दिया है। भगवान करे, आज की रात अत्यन्त भयानक हो, वर्षा हो और बिजली खूब कौंधे ताकि तुम मेरी छाती में छिपती ही चली जाओ। आज की रात कभी न समाप्त हो।'

कल्पना कुछ न बोली। दृष्टि झुका ली।

'तुम मेरी पत्नी हो-मैं तुम्हारा पति। प्रकाश फिर बोला, 'हमारा संबंध तो जन्म-जन्म का है, वर्ना सागर में दो नाव पर अलग-अलग थपेड़े सहते हुए भी हम एक ही किनारे पर भला क्यों पहुंच जाते? यह संयोग ही तो है कि हम अलग-अलग राह चलते हुए भी एक मंजिल पर आ पहुंचे हैं। है ना?'

और कल्पना ने मुस्कराने का प्रयत्न करत हुए हल्के से हां के इशारे पर पलकें झुकाए सिर हिला दिया। प्रकाश ने इधर-उधर देखा और फिर उसे अपनी छाती पर खींच लिया। कल्पना का दिल अब भी धड़क रहा था। उसने चाहा कि इन धड़कनों का गला घोंट दे, परन्तु जाने क्या ऐसा कारण था कि दिल की गहराई से उठती इच्छा के विरुद्ध भी एक याद बार-बार इन धड़कनों पर विजय पाती जा रही थी।

राकेश ने सुना। बहुत कुछ समझा। सोचने पर विवश हो गया कि कल्पना का इसमें दोष नहीं। नारी तो एक हल्की-फुल्की डोर है। जिसके दामन से बांध दी, हवा के समान

उड़ती चली जाएगी। कल्पना एक युग से प्रकाश के साथ रह रही है। प्रकाश जवान है, सुन्दर है, प्यार की उसे आवश्यकता है, कल्पना को वह स्वयं भी प्यार करता है। ऐसे वातावरण में रहकर एक नारी का परिस्थितियों के दबाव में आकर प्रभावित हो जाना स्वाभाविक बात ही है। परन्तु विजय? उसकी क्या बनेगा? वह भी तो विश्वास की एक उमंग लेकर रास्ते पर निकल पड़ा है। कल्पना की हकीकत जानकर तो उसका दम ही निकल जाएगा। विजय? वह कहीं यहां न आ पहुंचे। प्यार का राही भटक कर अपनी मंजिल पा ही लेता है। वह समझ नहीं सका कि उसके दिल पर क्या बीतेगी। वह निराशा पाकर जी भी सकेगा या नहीं? उसके यहां आने से कहीं प्रकाश की शांति भी भंग न हो जाए? कल्पना प्रकाश को छोड़कर उसके साथ चली न जाए। इसमें कोई सन्देह नहीं कि कल्पना अब भी विजय की याद में तड़प रही है, उसे अब भी प्यार करती है। प्रकाश का तो दिल ही टूट जाएगा। कल्पना को वह भी तो प्यार करता है। वह तो उसके बिना अपनी जान ही दे देगा। राकेश किसी के पक्ष में कोई निर्णय नहीं कर सका। उसे विजय से असीमित सहानुभूति थी। प्रकाश उसका मित्र था जिसे वह दिल की गहराई से चाहता था। कल्पना! वह तो दो पाटों के बीच इस प्रकार पिसकर तड़प रही है कि उसके बचने का अब कोई रास्ता ही नहीं दिखाई देता।

राकेश चुपचाप वहां से खिसक गया। अपने कमरे में आकर वह बहुत देर तक सोचता रहा-विजय-प्रकाश।

***

कल शाम कल्पना ने उस पक्षी में एक विचित्र ही परिवर्तन पाया था, झील में उभरी चट्टान पर वह पक्षी शाम ढलने के बाद भी बैठा था, घर में कुछ मेहमान आ चुके थे, तब भी वह छत पर खड़ी सदा के समान खामोशी से से पक्षी को देखती रही थी। कल वह और दिन से अधिक उदास भी थी-शायद यह वातावरण का प्रभाव हो शायद ऐसा उसके दिल की भावनाओं के कारण ही हो परन्तु उसने उस पक्षी में ऐसी बात अवश्य महसूस

की थी। कल रात उड़ने से पहले उसने चूं-चूं की सदा भी नहीं लगाई। ऐसा प्रतीत होता था मानो उसकी जबान काट ली गई है। उसकी चोंच पर ताला लगा दिया गया है और जब वह झील की सतह से लग कर पंख फैलाए उड़ा था, तो अंधकार के कारण उसकी छाया भी उसका साथ छोड़ चली थी। पक्षी के जाते ही कल्पना के दिल में एक टीस उठी थी। आंखें छलक आईं थी। मन तड़प कर रह गया था। रात भर वह सो नहीं सकी थी। पप्पी के छाती से लगाए सपनों में किसी का स्पर्श महसूस करने लगी थी। और आज सुबह उसकी आंखें खुलीं ता पलकें बोझिल थीं। परन्तु फिर वह अपने मन को परेशानी छिपाकर मेहमानों के नाश्ते में व्यस्त हो गई थी।

अभी-अभी कैदियों के छूटने की सूचना पाकर घबराते हुए उसके हाथ से एक फूलदान टूट गया। अभी-अभी उसे प्यार से समझा कर गया था प्रकाश! कितना भोला है उसका पति। वह उससे किस प्रकार अपना भेंट प्रकट करे कि पप्पी उसके पति की नहीं उसके प्रेमी की निशानी है। प्रकाश की दृष्टि में तो वह एक आदर्श विधवा है, एक आदर्श धर्म पत्नी है। कल्पना की हकीकत जानकर तो उसका दिल ही टूट जाएगा। फिर वह घर की रहेगी न घाट की।

अपने जीवन की समस्या सुलझाते-सुलझाते वह स्वयं उलझ गई। उसका मन हुआ कि वह वहां से भाग जाये। आत्महत्या कर ले। परन्तु फिर पप्पी का भविष्य? प्रकाश का विश्वास? और उसके अपने दिल की पुकार भी तो कुछ कहती है, वह जाने क्यों नहीं समझ सकती। चन्द दिनों पहले आकर इस पक्षी ने तो उसका रहा-सहा सकून भी छीन लिया। उसका सिर चकराने लगा। सोचते-सोचते वह पागल सी होने लगी। उसके दिल के अंदर उठते तूफान का शोर इतना तेज हुआ कि उसने अपना माथा पकड़ लिया-कान बंद कर लिए-परन्तु यह शोर फिर भी तेज होता जा रहा था। इस शोर में विचित्र ही चीख, एक दर्दनाक पुकार थी, मानो विजय का प्यार उसके अस्तित्व पर फिर छा जाना चाहता था। ऐसा लगता था मानो कोठी की दीवारें चीख-चीखकर उसे विजय की खुशियों की दुहाई

दे रही हों। विजय, जिसे वह स्वयं भी तो बहुत प्यार करती थी-अब भी करती है।' परन्तु सारा जीवन उसकी प्रतीक्षा नहीं कर सकती, क्योंकि परिस्थितियों के सामने झुककर वह प्रकाश के आगे अपनी जबान, अपना दिल, अपना दिमाग भी हार चुकी है। दिल व दिमाग का यह एक ऐसा युद्ध था जो कभी भी समाप्त होने का नाम नहीं लेना चाहता था। वह बिल्कुल ही हताश हो गई। ठंड होते हुए भी उसके मुखड़े पर पसीने की नन्ही-नन्ही बूंदें जम गईं। लपककर उसने प्रकाश की शरण में भाग जाना चाहा। यह प्रकाश ही है जिसकी शरण में आकर वह अपना सारा दुःख-दर्द भूल जाती है। उसने बहुत तेजी के साथ पग बढ़ाए, परन्तु तभी उसका कूल्हा एक मेज से टकरा गया। इस मेज पर शीशे का एक सुन्दर फूलदान रखा था, कुछ देर पहले टूटे हुए फूलदान का जोड़ा। नौकर ने अभी-अभी उसमें ताजा फूल लगाए थे। एक झटके में वह गिरकर चकनाचूर हो गया तो उसकी चेतना जागृत हुई। पंजों के बल वह फर्श पर बैठ गई। एक पल शीशे के टुकड़ों को देखा, जो उसके दिल के समान टूटकर चूर-चूर हो गए। फिर उसने फूलों का चूमा। बैठे-ही-बैठे उसने हाथ बढ़ाकर फूल मेज पर रख दिये और शीशे के कणों को निहारने लगी। कण-कण में उसका प्रतिबिम्ब झांक रहा था जब नौकर दौड़कर वहां आया तो कल्पना उठ खड़ी हुई। उसने देखा, बेख्याली में मेज पर रखे फूल प्रकाश के चरणों में थे। मेज पर फ्रेम में मंढ़े प्रकाश की एक तस्वीर पूरे कद की थी।

ऐसे ही फूलों के समान भटककर बेख्याली में वह प्रकाश के चरणों में पहुंच गई थी, और इसका ज्ञान उसे तब हुआ, जब प्रकाश ने पूर्ण अधिकार से इन फूलों को उठाकर अपना दामन फेर लिया था।

***

शाम हुई जा रही थी। कोठी में खूब रौनक रही। चहल-पहल से कोना-कोना थिरक उठता था। पार्टी में जो आनन्द बच्चों ने उठाया वह बड़ों ने नहीं। बड़ों के आनन्द का समय तो अंधकार होने के बाद आरंभ होता है। पप्पी का जन्म-दिवस खालिस पश्चिमी रीति

रिवाज के अनुसार मनाया गया। जन्म-दिवस मनाने का असली आनन्द ही इसमें है। एक बड़ा और सुन्दर केक, नक्काशी ऐसी कि काटने का मन ही न करे, इस पर तीन रंगीन मोमबत्तियां। पप्पी ने जब खिलखिलाकर इसे अपने नन्हे-नन्हे होंठों द्वारा एक गहरी सांस लेते हुए फूंककर बुझाया तो समीप ही खड़ी कल्पना के कानों में मानो अचानक ही गरम-गरम सीसा आ टपका।

चूं-चूं-चूं-चूं।

वह कांप गई। उसका दिल जोर से धड़का। फूल खिले हुए मुखड़े पर अचानक ही परेशानी की रेखाएं दौड़ गईं। ऐसा लगा मानो इस आवाज के पीछे किसी की आत्मा उसे पुकार रही है, बुला रही है।

प्रकाश कल्पना के बगल में ही खड़ा था। पप्पी की प्रसन्नता में वह इतना अधिक डूबा हुआ था कि कल्पना के जज़्बात का उसे ध्यान ही नहीं रहा। परन्तु राकेश कल्पना के बिल्कुल सामने था। आरंभ से ही वह कल्पना को बहुत गौर से चोर दृष्टि द्वारा देखकर इस बात का अनुमान लगाना चाहता था कि वह अब भी विजय को चाहती है या नहीं। यदि वह किसी समय यहां आ गया तो वह प्रकाश की खुशियों को ठुकराकर उसके साथ चली तो नहीं जाएगी। कल्पना के बदलते रंग को उसने देखा तो कुछ बात समझ में आई, कुछ नहीं भी। परन्तु वह खामोश ही रहा।

कल्पना ने वहीं से खड़े-खड़े अपनी नजरें उचकाकर खिड़की द्वारा बाहर दौड़ाई। शाम ढल रही थी, अंधकार छाने में भी अभी समय था। बाहर इतनी तेज हवा चल रही थी कि वृक्ष की पत्तियां डालियों समेत इसके दबाव पर झुकती चली जा रही थी। क्षितिज पर बादलों के टुकड़े एक ओर दौड़ते हुए जाने कहां एकत्र होना चाहते थे। फिर भी कहीं-कहीं लालिमा का पूर्ण प्रभाव था। एक अज्ञात खिंचाव, एक अज्ञात दबा में आकर वह अपनी जिम्मेदारी भूल गई। सरककर पीछे हटी तो राकेश प्रकाश की दृष्टि में आ गया। राकेश से

कल्पना की अवस्था देखनी नहीं जा रही थी। ऐसा लगता था वह वहीं बेहोश होकर गिर पड़ेगी। इसीलिए वह उसका दर्द समझता हुआ बढ़ गया था, उसे विश्वास था कि कल्पना अपने-आपको संभालकर फिर सबकी खुशियों में सम्मिलित होने आ जायेगी।

मेहमानों की आड़ लेकर कल्पना दूसरी कमरे में प्रविष्ट हुई। दौड़कर उसने सीढ़ियां पार की और छत पर पहुंचकर इस प्रकार संतोष की सांस ली मानो वह पक्षी वास्तव में उसी की प्रतीक्षा कर रहा था।

हवाओं का बहाव तेज था-इतना तेज कि कल्पना की लटें बिखरकर मस्तक पर छा गईं। साड़ी का आंचल उड़ा तो कार्डिगन का बटन खुल गया। जाने कैसे वह पक्षी इन तेज हवाओं का सामना करके अपनी रोज की मंजिल तक आ पहुंचा था। क्रमशः बैठे-बैठे हवाओं के झोंके पर उसके पंख खुलकर सिकुड़ जाते थे। उसके पंजे लड़खड़ा जाते, परन्तु वह अपने स्थान से जरा भी नहीं हटा। यह पक्षी क्यों यहां बैठता है? क्यों सदा इसी प्रकार खामोश रहता है? इसका साथी कहां बिछड़ गया? कहां चला गया वह?

सहसा नीचे बड़े कमरे में जोर से ताली बजी। शायद पप्पी ने केक काट दिया है। मेहमानों ने बधाइयां भी पेश करना आरंभ कर दिया था। सब ताली बजा-बजाकर गा रहे थे – हैपी बर्थ डे टू यू-हैपी बर्थ डे टू यू। परन्तु वह अपने स्थान से नहीं हटी। ऐसा प्रतीत होता था मानो आज एक बहुत बड़ा तूफान आने वाला है। वर्षा और आंधी से वह सारा इलाका तहस-नहस होकर नष्ट हो जाएगा और इसीलिए वह इस अकेले पक्षी को आज अन्तिम बार देख लेना चाहती थी। मन के अंदर जाने कैसी चुभन थी जो केवल इसी पक्षी को देख लेने से कम होती महसूस हो रही थी।

सहसा उसने आवाज सुनी।

'कल्पना..अरे कल्पना कहां हो?'

प्रकाश नीचे कमरे में उसे तलाश रहा था।

वह कोई उत्तर नहीं दे सकी। चाहा कि सीढ़ियां उतरकर उसके पास चली जाए, परन्तु तभी वह स्वयं लपककर उसके पास आ गया।

'अरे! तुम यहां खड़ी हो और मैं तुम्हारे मैं तुम्हारे मुंह में केक डालने के लिए...।' सहसा कहते-कहते वह चौंक गया, 'क्या बात है कल्पना? तुम फिर उदास हो गईं। ऐसे शुभ अवसर पर यह खोयापन, यह उदासीनता, इस अवसर का अपमान है।'

परन्तु कल्पना कुछ न बोली। आंखों में आंसू उमड़ आए।

प्रकाश ने उसकी भीगी पलकों को देखा, उसकी दृष्टि को परखा तो पलटकर झील की सतह पर अपनी नजरें फेर दीं। कुछ ही दूरी पर पानी में उभरी एक छोटी-सी चट्टान पर एक पक्षी को बैठे देखा तो अपना संदेह दूर करने के लिए उसने कल्पना की दृष्टि फिर परखी।

'उस पक्षी को देख रही हो?' उसने आश्चर्य से पूछा।

'हां।' कल्पना ने होंठ खोले परन्तु आवाज न निकल सकी तो उसने सिर हिला दिया।

'क्या तुम्हारी उदासी का यही कारण है।'

और उत्तर में कल्पना की आंखों में मोती-से अटके आंसू गाल पर लुढ़क आए।

'मैं इसे अभी गोली मार दूंगा....।' कुछ न जानते हुए भी प्रकाश ने कहा।

'नहीं-नहीं...।' कल्पना ने झट प्रकाश का हाथ पकड़ लिया। वह सिसककर बोली, ऐसा मत कीजिए। ऐसा कभी न कीजिएगा। वह तो एक पक्षी है-केवल पक्षी। उसका सम्बन्ध तो केवल मेरी कल्पनाओं से है। मेरी वास्तविकता तो कुछ और ही है।'

'क्या है तुम्हारी वास्तविकता?' प्रकाश ने गंभीर होकर उसकी आंखों में झांका।

'मेरी वास्तविकता तो आप हैं-कल्पना की हकीकत।' कल्पना ने उसकी छाती पर सिर टेक दिया।

प्रकाश ने उसकी पीठ पर हाथ फेरा। उसकी उलझी हुई लटों को सामने से हटाया तो शाम की लालिमा में सफेद बादल पर सुर्खी छा गई। प्रकाश ने हल्के से उसके गालों को थपथपाया। उसका आंचल दुरुस्त किया, और गाल के दोनों ओर हथेली रखकर उसके होंठों का बहुत आहिस्ता से चूम लिया।

चलते समय कल्पना ने पलटकर देखा तो उसके पग लड़खड़ा गए। परन्तु प्रकाश ने उसे संभाल लिया। वह अपने स्थान से उड़ चुका था, बिना किसी प्रकार का संकेत किए, बिना चूं-चूं गाए। उसने केवल इतना देखा, वह सफेद चट्टानों के अंत तक पहुंच चुका है। वहीं वह गुम हो गया, और दिनों के समान। उसे आश्चर्य हुआ। आज वह समय से पहले ही क्यों उड़ गया? चूं-चूं की सदा भी नहीं लगाई। परन्तु फिर दिल को तसल्ली दी। आज हवा का थपेड़ा सख्त है, अंधकार भी समय से पहले ही छा रहा है। समां ठीक नहीं है। शायद इसीलिए इस तूफान में न फंसने के कारण उड़ गया। वर्ना कल के समान आज और भी देर तक बैठ सकता था।

प्रकाश के साथ वह नीचे आई तो सारे ही मेहमान उसकी प्रतीक्षा कर रहे थे। उनकी खुशी में सम्मिलित होने के लिए उसने अपने दिल पर पत्थर रख लिया, राकेश ने भी कल्पना को देखा, परन्तु कुछ अनुमान नहीं लगा सका। यह कल्पना है या हकीकत?

पार्टी के बाद बोटिंग का प्रोग्राम था, क्योंकि आज पूर्णमासी थी। परन्तु हवाओं के बहाव को देखते हुए इसे स्थगित कर दिया गया। जंगल का तूफान तीव्र होकर कभी भी आक्रमण कर सकता था। इसके स्थान पर बच्चों ने बहुत देर तक नृत्य करके सबका मन बहलाया। रात, डिनर अपने निश्चित समय से आरंभ हुआ और काफी देर तक चलता रहा। प्रकाश ने कल्पना को पाकर शराब पीना छोड़ दिया था, परन्तु दोस्तों के अनुरोध पर उसे आज फिर सबके साथ सम्मिलित होकर पीनी पड़ी। फिर बहुत देर तक रेडियोग्राम की धुन पर विदेशी सभ्यता के अनुसार बार डांस चलता रहा। सभी अपने जोड़े के साथ फर्श पर थिरकते रहे। प्रकाश कल्पना को बार-बार खींचकर अपनी छाती से लगा लेता था-और

वह लजाकर उससे थोड़ा अलग हटती हुई पगों को चलाने का प्रयास करने लगती। फिर भी आकाश बराबर थिरक-थिरक कर कहता जा रहा था। वह चाहता कि कल्पना उसके समीप रहे। उसके कंधों पर सिर रखकर आंखें बंद कर ले, परन्तु कल्पना एक कल्पना के रूप में अब भी दूर थी। वह स्वयं ही उसकी गोरी गर्दन पर झुक जाता जहां रेशम से सुनहरे रोएं उसे स्पष्ट दिखाई पड़ रहे थे। वह चाहता था कि अपने प्यासे होंठ इन पर रख दें, परन्तु कल्पना जाने क्यों अपने सामने संकोच की ऐसी दीवार महसूस करती, जिसका कोई कारण नहीं था। एक अज्ञात ताकत थी जिसके कारण प्रकाश जब भी उसकी आंखों में झांक कर अपने होंठ आगे बढ़ाता वह एक पल के लिये पीछे हट जाती। प्रकाश के दिन को न दुखाने के लिये वह हल्के से लजा जाती, मुस्करा देती-और फिर प्रकाश दिल समेत उसके कदमों में बिछ-बिछ जाता।

'अरे भई प्रकाश।' सहसा समीप ही थिरक कर गुजरते हुए राकेश ने अपनी पत्नी को पूर्णतया अपने शरीर से लगाकर उससे कहा। कल्पना को वह आरंभ से ही बहुत गौर से देख रहा था। 'यार भाभी तो तुम्हारे साथ यूं लजा रही है मानो अभी तक तुम दोनों का विवाह ही नहीं हुआ है। अपनी भाभी को देखो, कभी नखरा ही नहीं करती, शर्माना तो आता ही नहीं है। मेरे न चाहने पर भी मुझ पर गिरी पड़ रही है। भला ऐसे भी कभी रोमांस का मजा मिलता है?'

प्रकाश पहले तो सकपकाया। परन्तु फिर खिलखिला पड़ा। कल्पना पहले से भी अधिक लजा गई। अपने को संभाल कर पलकें झुकाए वह प्रकाश के कुछ समीप सरक आई।

परन्तु मधु का पारा एकदम ही चढ़ गया। राकेश को अपनी पत्नी से छेड़छाड़ करके चिढ़ाने में बहुत आनन्द आता था इसलिये दोस्त यारों के सामने ऐसी बातें करते में नहीं झिझकता था। सारे ही दोस्त-यार जानते थे कि ये दोनों एक दूसरे को प्यार करते हैं इसी प्रकार छेड़-छाड़ कर बच्चों के समान एक खुशहाल जीवन व्यतीत करते हैं। परन्तु इस

बार मधु को शायद राकेश की यह बात नहीं पसन्द आई। उसे छोड़कर वह झट से अलग हो गई।

'तुम्हें समय भी मिलता है जो मेरे नखरे उठाओ....।' वह तुनककर बोली, 'जब देखो तो कैदियों के साथ लगे बैठे हो। आज उनके लिये यह करना है, तो कल वह, मानो कैदी नहीं हुए हमारे जेठ और देवर हो गए।'

प्रकाश ठहाका लगाकर हंस पड़ा। कल्पना के होंठों से भी हंसी के मोती निकल पड़े। प्रकाश ने देखा, कल्पना पहली बार शायद इतना खुलकर हंसी है। उसके चमकते छोटे-छोटे दांत प्रकाश में मोती के समान चमक पड़े थे।

'अरे-अरे मधु...मेरा मतलब हनी...।' राकेश ने उसके बिगड़ते तेवर को देखकर उसे मनाना चाहा। उसने झट उसका हाथ पकड़ लिया।

परन्तु मधु उसकी पकड़ में अपने हाथ को कसमसा कर छुड़ाने का प्रयत्न करने लगी। वह वास्तव में गंभीर थी।

'डार्लिंग।' राकेश ने उसे नहीं छोड़ा, 'इतनी जल्दी बुरा मान गई? अच्छा भई, क्षमा कर दो। आओ-मेरी बांहों में समा जाओ-हम डांस करें'

परन्तु मधु तब भी नहीं मानी। हाथ को बराबर छुड़ाने का प्रयत्न करती रही।

'यार प्रकाशा।' राकेश ने अपने मित्र को दुहाई दी, 'तू ही इसे समझा। भाभी आप ही इससे कुछ कहिए ना। रात का यह सुनहरा आलम, रेकार्ड की यह रोमांचित धुन मेरी पत्नी की यह मदहोश सुन्दरता...।' राकेश ने अपना दूसरा हाथ छाती पर रखा और मनचले लड़कों के समान बोला, 'तुम्हीं इसे समझाओ कि आज रात मेरी साथ न छोड़े। आफ्टर आल, शी इज माई लाइफ, शी इज माई पर्सनल वाइफ (आखिर को यह मेरी पत्नी है, मेरी निजी पत्नी)।'

प्रकाश ने एक जोरदार ठहाका लगाया। कल्पना हंसी रोकने के पश्चात् भी खिलखिला पड़ी।

राकेश ने मधु को देखा। कनखियों से उसे देखकर वह भी अपनी हंसी रोकने का प्रयत्न कर रही थी। राकेश ने देखते हुए बहुत प्यास से बहुत सुन्दरता के साथ अपनी एक आंख अचानक की दबा दी। मधु चौंककर हंस पड़ी। फलों की टहनी के समान वह उसकी बाहों में समा गई।

नारी कोई भी हो, हंसती है तो वास्तव में बहुत अच्छी लगती है शायद इसलिये कि उसके जीवन में जितना भाग निश्चिंतता का है उससे कहीं अधिक उसे गंभीर होकर रहना पड़ता है। शायद, दुःख, दर्द, मुसीबत केवल नारी के भाग में ही आए हैं।

राकेश की मनचली बातों से बहल कर कल्पना एक पल के लिए अपना सब कुछ भूल गई। थिरकते हुए उसने अपने आपको प्रकाश के हवाले कर दिया। उसकी छाती के करीब हो गई और अपना मुखड़ा उसके कंधे पर रख दिया। आंखें बंद कर लीं जैसे वह अपने मस्तक में उभरती यादों की एक तस्वीर से मुख मोड़ लेना चाहती हो। राकेश ने देखा, कल्पना प्रकाश की शरण में बहुत निश्चिंत है-उसमें खोकर वह अपने आपको भूल जाने में ही अपनी हकीकी खुशी समझती है। प्रकाश भी किस कदर खुश है-मानो उसे जीवन का सारा खजाना प्राप्त हो गया है। प्रकाश की दृष्टि उस पर पड़ी, उसकी नजर से उसका टकराव हुआ तो एक क्षण के लिए प्रकाश अपने भाग्य पर गौरवान्वित हुआ। उत्तर में जब राकेश मुस्कुराया, तो प्रकाश ने उससे इशारों द्वारा लाइट मद्धिम करा दी। हल्की नीली रोशनी में रिकार्ड के सहारे बजती धुन पर बालरूम डांस का वातावरण अत्यन्त रोमांचित हो उठा। सभी जोड़े एक-दूसरे के समीप आ गए-बिल्कुल समीप।

बाहर का तूफान अपनी गति से बढ़ता ही जा रहा था। कोठी का हर दरवाजा बंद था। खिड़कियां बंद थीं। परन्तु फिर भी हवाओं की सांय-सांय कमरे में बजती रेडियोग्राम की धुन पर छाने का प्रयत्न कर रही थीं। बिजली की कड़क से जंगल का कलेजा कांप जाता

था। जब यह कौंधती तो खिड़की के शीशों द्वारा वर्षा की मोटी-मोटी बूंदें स्पष्ट दिखाई पड़ जाती थीं। कोठी के बाहर का वातावरण जितना भयानक था, कोठी के अंदर का इतना ही सुन्दर भी था। प्रकाश का मन चाहता था यह रात कभी न समाप्त हो। वह इसी प्रकार कल्पना के सहारे सारी रात यूं ही उसे अपनी छाती से लगाये थिरकता रहे। प्रकाश क्या शायद उसके सभी मित्र ही इस बात को मन से चाहते थे। ऐसा माहौल, ऐसा सुन्दर समां प्रकाश ने अपने जीवन में अनुभव नहीं किया था।

सहसा बहुत तेज बिजली कड़की। उसकी कौंध चमक बनकर खिड़की द्वारा अंदर तक प्रवेश कर गई। खिड़की का शीशा टूट गया, कांच बिखर गया। कल्पना अचानक ही चौंक पड़ी। उसने खिड़की देखी तो उसका दिल फिर एक अज्ञात भय से कांप उठा। हवा का तेज झोंका अंदर पहुंच कर सभी को कंपा रहा था। एक नौकर ने लपककर झट खिड़की के लकड़ी वाले पट बंद कर दिए। बाहर का तूफान फिर बंद हो गया, परन्तु जो तूफान कल्पना के मन में उठा था वह जरा भी कम नहीं हो सका।

मनुष्य दूसरों को तो शिक्षा देना जानता है कि अंधविश्वासी मत बनो, परन्तु जब कोई ऐसा चिन्ह उसके अपने अस्तित्व पर लागू होता है, तो वह अपने आपको कभी नहीं समझ पाता। कल्पना का भी आज यही हाल हो रहा था। कई दिनों से पक्षी की खामोशी में अपना सुख-चैन खोए रखना, फिर आज दिन के समय दोनों ही एक समान गुलदानों का टूट जाना और फिर फूलों का बेख्याली में ही प्रकाश की तस्वीर के चरणों में भेंट चढ़ना, और अब इस प्रकार खिड़की का शीशा अचानक ही टूट जाना। उसने अपने आपको जितना भी समझाने का प्रयत्न किया, दिल और भी चिंतित होने लगा। वह ऐसा महसूस करने लगी मानो अब वह होने वाला है, जो नहीं होना चाहिये। लेकिन क्या होने वाला है? क्या नहीं होना चाहिये? वह कुछ न समझ सकी। हर पल उसकी धड़कन बढ़ती ही गई। यहां तक की नौकरों ने खिड़की के लकड़ी वाले पट भी बंद कर दिए और यहां तक कि प्रकाश के साथ थिरकते-थिरकते वह हाल के कई चक्कर काट गई, परन्तु उसे कुछ भी पता न चला।

रिकार्ड समाप्त हुआ तो हाल तालियों से गूंज उठा। कल्पना की परेशानी एक पल के लिए ताली के शोर में डूब गई। फिर मधु ने अपनी सुरीली आवाज से वातावरण में एक नया रंग उत्पन्न किया, सुनने वाले उसकी आवाज पर मुग्ध हो गए। गाने के बाद राकेश ने लोगों को बताया कि यह मधु का स्वर ही था जिसे सुनकर मुग्ध होने के पश्चात् वह उसे बड़ी कठिनाई से प्राप्त कर सका है। उसने हास्यास्पद शब्दों में कहा, 'अब आप लोगों को इस आवाज पर मुग्ध होने की आवश्यकता नहीं है, क्योंकि चांस निकल चुका है और अब कोई लाभ नहीं।'

मेहमान हंस पड़े। कल्पना भी हंसी में सम्मिलित हो गई। कुछ पल के लिए वह सोचने पर विवश हो गई कि मधु और राकेश कितने भाग्यशाली हैं। वह एक-दूसरे के समीप रहकर शांति पाने का कितना अधिक समय मिलता रहता है। ऐसे लोग भी कम ही होंगे।

लगभग ग्यारह बजे डांस प्रोग्राम समाप्त हो गया। दिन भर पैदल ही जंगल तथा पहाड़ी ढलान और चढ़ान पर घूमते रहने के कारण मेहमान थक चुके थे, इसलिए विश्राम करने चलने गए। यद्यपि अधिक समय नहीं हुआ था फिर भी शाम से ही निरन्तर कुछ-न-कुछ चहल पहल बनाए रखने के कारण ऐसा था मानो बहुत समय बीत चुका हो। वैसे भी रात इतनी भयानक थी कि अब और अधिक जागने के बजाय बिस्तर पर लेटकर सो जाने का ही मन करता था।

प्रकाश जिस समय राकेश और मधु को छोड़ने आया तो कल्पना पप्पी के साथ सोने के कमरे में ठहर गई थी। प्रकाश को राकेश और मधु ने अपनी बातों में लगा लिया। वर्षों बाद आज दो दोस्त मिले थे। इसलिए राकेश ने इतनी रात होने के पश्चात् भी उसे नहीं छोड़ा। मधु ने तो कल्पना की प्रशंसा करके आकाश-धरती एक कर दिया। प्रकाश हर पल उसकी प्रशंसा सुनकर गर्व से फूला नहीं समाता रहा। राकेश ने देखा, प्रकाश कल्पना की प्रशंसा सुनते ही बेचैनी से भाग निकलने का प्रयत्न करने लगता है, कुछ इस प्रकार मानो उसे तुरंत ही गले लगाकर प्यार कर लेना चाहता हो। परन्तु राकेश तथा मधु के लिए तो अभी सारी रात फुरसत की थी। इन्होंने राय दी कि कल्पना को भी बुला लिया जाये। बातों

में ऐसा समय कटेगा कि पता ही नही चलेगा। फिर कल्पना का भी दिल बहल जाएगा। परन्तु प्रकाश ने बहाना बना दिया कि पप्पी उसके बिना सो नहीं सकती। कल्पना को भी आराम की आवश्यकता है, क्योंकि वह दिन-भर काम करती रही है। उसका विचार था कि यदि कल्पना आ गई तो और भी देर हो जायेगी। यूं ही उसकी हसीन तथा महत्वपूर्ण रात का इतना समय इस प्रकार नष्ट हो जाने का काफी मलाल था। आज तो उसकी सुहागरात है विवाह के साढ़े तीन साल बाद आज पहली बार उसकी प्यासी आत्मा को शांति प्राप्त होगी।

***

हवाओं की गति अब तेज थी-तेज होती जा रही थी। बिजली अब तक कौंध रही थी, जिसकी चमक में खिड़की पर चढ़े शीशे द्वारा बाहर वर्षा का झुकाव स्पष्ट दिखाई पड़ रहा था। बादलों की गरज से जंगल का वातावरण और भी भयानक हो चला था। कल्पना पप्पी को सुलाकर अभी-अभी बड़े हॉल में आ बैठी थी। लेटने का उसका मन ही नहीं कर रहा था। एक अज्ञात भय के कारण उसका दिल अब तक धड़क रहा था। यह धड़कने क्यों नही सा जातीं? क्यों नहीं खामोश हो जाती हैं? इन धड़कनों की पुकार क्या है? यह धड़कनें कहां जाकर रुकेंगी? रुकेंगी भी या नहीं? जंगल के भयानक वातावरण में सम्मिलित होकर यह मानो किसी अज्ञान भेद को जन्म दे रही थी।

कल्पना सोफे पर धंसी थी। उसके सामने भी एक खिड़की थी। रह-रहकर बिजली कौंधने से शीशा चमक उठता था। उसके दाहिने ओर कमरे से बाहर जाने का दरवाजा था, जो बरामदे में खुलता था। मजबूत लकड़ी का बना होने के पश्चात् भी हवा के दबाव से वह कभी-कभी कांप जाता था। उसके बाईं ओर सोने का कमरा था। दरवाजा खुला हुआ था और पप्पी सामने ही लेटी हुई थी। वह कभी वहीं बैठे-बैठे पप्पी को देखती तो कभी दूसरी ओर बाहर जाने वाले दरवाजे को। ऐसा लगता जैसे उसकी आत्मा को किसी की प्रतीक्षा है, जिसका ज्ञान उसका मस्तिष्क करने में असमर्थ था।

वह अपने आप में ही उदास और निराश-सी बैठी खामोशी में स्वयं को बहलाने का प्रयत्न करती रही। कुछ पल बाद उसे चैन मिला, तो वह उठकर दरवाजे पर आई। वहां समीप की उसका अपना चित्र टंगा हुआ था-विजय की कल्पना, एक पुजारी की अर्चना। एक-एक रेखा से मानो चित्रकार का अन्तर्भाव टपकता था। उसके होंठों पर एक आह टपकी। विजय ने कितनी मेहनत, कितनी लगन से अपनी कल्पना को एक नए ढंग में उभारने का प्रयत्न किया था। वह देख रही थी-बहुत देर तक।

आज की रात प्रकाश के आते ही वह अपने आपको उसके हवाले कर देगी। शायद यही कारण है कि उसका दिल बुरी तरह घबरा रहा है। शायद यही कारण हो, क्योंकि उसके शरीर का स्पर्श आज तक विजय के अतिरिक्त किसी ने भी नहीं पाया था। शायद इसीलिए उसके मन में एक अज्ञात भय समाता जा रहा था। विजय जो उसकी आत्मा पर विजय पाकर उसके शरीर को छू गया था, उसकी रग-रग में समा गया था। इतनी आसानी से वह उसे किस प्रकार भुला सकती है? वह उसे कभी नहीं भुला सकी थी, भुलाने का प्रयत्न करने के लिए उसे प्रकाश का सहारा लेना पड़ा था और प्रकाश ने एक सीमा तक उसके दिल के घाव को भर दिया था।

प्रकाश ने समझा था कि कल्पना दुःखी है, विधवा है, अपने पति के गम में रोती रहती है इसीलिए उसका गम, उसका दुःख अपनाने के साथ-साथ उसने अपनी प्रसन्नता की मंजिल भी ढूंढ ली थी। प्रकाश कल्पना को अत्यधिक चाहने लगा था। उसका प्यार पाकर कल्पना ने भी महसूस किया था कि उसके दिल का चुभा कांटा तो निकल चुका है, अब केवल दर्द ही बाकी है-थोड़ा-थोड़ा। परन्तु इधर कुछ दिनों से चुभ फिर बढ़ चली थी और इस समय तो उसे ऐसा महसूस हो रहा था मानो छाती में नासूर उत्पन्न हो गया है। दर्द बर्दाश्त नहीं हो रहा था। जैसे-जैसे रात घनी हो रही थी दर्द भी बढ़ता जा रहा था।

तस्वीर को देखते-देखते उसकी आंखें छलक आईं, अपने आप ही। यह तस्वीर उसे बहुत प्रिय थी। इस तस्वीर को देखकर उदास होने के पश्चात् भी उसने इसे इस स्थान से

नहीं हटाया था। कई बार जब प्रकाश ने भी उसकी उदासी का कारण इस तस्वीर को समझा तो चाहा था कि इसे उतारकर वाक्य में बंद कर दे। एक बार उसने कल्पना से ऐसा करने के लिए पूछा भी था तो वह उसे टाल गई थी। झुठला दिया था कि यह तस्वीर उसके स्वर्गवासी पति को बहुत प्रिय थी। प्रकाश दिल थामकर रह गया था। परन्तु अपने प्यार, अपने निःस्वार्थ प्यार पर उसे विश्वास था, इतना अधिक कि वह कल्पना किसी भी बात को गंभीरता से नहीं लेता । वह सोचता कल्पना के लिए तो ऐसा सोचना स्वाभाविक है, उस समय तक जब तक कि वह पूरी तरह उसके दिल व दिमाग पर नहीं छा जाता है।

अपनी पलकों को पोंछकर कल्पना ने वहीं से खड़े-खड़े देखा-अन्दर दूसरे कमरे की ओर पप्पी सो रही है। वह यहां से हट कर दबे कदमों के साथ पप्पी के पास पहुंची। उसके समीप ही पलंग पर बैठकर उसने कटे हुए बालों पर हाथ फेरा, तो यह कुछ बिखरकर माथे पर चले आए। उसने देखा पप्पी के भोले चेहरे में उसके टूटे हुए सपनों का रूप था। वे ही आंखें वैसी ही नाक, वैसी ही ठुड्डी। निश्चय ही विजय बचपन में पप्पी का पूरा रूप लिए होगा। झुककर उसने पप्पी का मस्तक चूम लिया। उसकी नन्हें-नन्हें कपोलों को प्यार कर लिया। पप्पी उसी प्रकार सोती रही-निश्चिंत। केवल पलकें ही कांप सकीं मानो वह कोई सपना देख रही थी। उसने उस पर ढुलका हुआ लिफाफा ठीक किया और उसकी लटों पर हाथ फेरती हुई उठ खड़ी हुई।

एक पल के लिए उसने वह पलंग देखा जिसे प्रकाश ने नई नवेली दुल्हन के लिए सुहाग का जोड़ा पहना रखा था। फूलों की लड़ियां, कलियों का झुरमुट, इत्र तथा दूसरी अनेकों दिल लुभाने वाली वस्तुओं से पूरा कमरा सुगंधित था। बहुत विचित्र दृष्टि से इसे देखती ही रही। उसकी इच्छाओं का उपहार-अरमानों की भेंट। होंठों से आह निकल पड़ी।

उसने चाहा कि कपड़े बदलकर वह इस कफ़न पर लाश के समान लोट जाए कि तभी सामने हाल के दरवाजे पर एक आहट हुई। किसी ने दरवाजे पर खट-खट की थी। एक पल

कि लिए वह चौंक गई। घड़ी देखी-साढ़े ग्यारह बज चुके थे। बाहर आंधी और तूफान, वर्षा का थपेड़ा उसने इस पर ध्यान नहीं दिया। शायद समीप ही कहीं किसी वृक्ष की शाखा टूटी है। हवा की शरारत के कारण ही दरवाजा जोर से हिल गया है। वह फिर कपड़े उतारने लगी। प्रकाश आता ही होगा। उसने कार्डिगन उतारने के लिए अभी एक बटन खोला ही था कि फिर चौंक पड़ी।

किसी ने बहुत तेज दरवाजा खटखटाया था।

शायद चौकीदार हो। कोई काम आ पड़ा हो। शायद तेज वर्षा के कारण उसकी कोठरी में पानी भर आया हो और इसीलिए अब वह वहां शरण लेना चाहता है। वह दरवाजे पर पहुंची। पट को उसने बहुत थोड़ा-सा खोला, तब भी हवा का एक तेज झोंका अंदर प्रवेश करके शरीर को कंपा गया।

बरामदे में हल्का प्रकाश था। उसने बाहर झांककर देखा-एक-छाया खड़ी थी-लम्बी चौड़ी-मुखड़े पर अंधकार था, फिर भी उसने देखा, उसकी दाढ़ी बढ़ी हुई है, सिर के बाल कंधे तक झूल रहे हैं। इन झूलता लटों में पानी की बूंदें चिपकी चमक रही थीं। वह एक कुर्ता पायजामा पहने हुए था। भीगकर यह उसके शरीर से बिल्कुल ही चिपक गया था। जाने कौन है यह , इस भयानक रात में आ गया? शायद कोई चोर है। शायद डाकू है। उसकी चीख निकलते-निकलते बची। भय से घबराकर उसने अपना सिर अंदर कर लिया। झट दरवाजा बंद कर देना चाहा कि तभी मानो किसी ने उसके हाथों में हथकड़ी पहना दी। वह जहां-तहां उसी प्रकार खड़ी रह गई-स्तब्ध।

'कल्पना!'

एक आवाज-एक ऐसी आवाज, जिसको उसने सुना तो ऊपर से नीचे तक उसके शरीर में झुरझुरी-सी दौड़ गई। एक आवाज, जिसे सुनने के लिए वर्षों से उसके कान तरस रहे थे; जब कान में शहद बनकर टपके तो उसे अपने होश पर विश्वास ही नहीं हुआ। इस आवाज को सुना उसने मानो भावनाओं के आधार पर आंधी की जबानी सुन ली थी-

परन्तु जब उसने दिल कड़ा करके साहस बटोरते हुए सामने देखा तो हकीकत से इंकार नहीं हो सका। दिल बहुत तेज धड़का-मानो सांस ही अटक जाएगी-दम घुट जाएगा, उसके होंठ खुल रह गये। बहुत आश्चर्य के साथ, फटी-फटी दृष्टि से उसने देखा-ऊपर से नीचे तक, आंखों पर जोर डालते हुए मानो एक जीती-जागती हकीकत पर उसे कल्पना का संदेह हो।

'कल्पना!'

आवाज फिर आई-मानो अचानक ही किसी ने सितार को छेड़ दिया। एक बीता हुआ पल आकर सामने खड़ा हो गया। वही आवाज-वैसा ही पुकारने का ढंग-ऐसी सदा जिसे सुनकर कभी वह विजय की बांहों में समा जाती थी। विजय! विजय-उसका दिल पुकार उठा। विजय-उसकी धड़कन गहरी-गहरी सांस के साथ चलने लगी। विजय-उसके होंठों से एक आह टपकी। इस आह में कितनी निराशा थी। विजय कितना बदल गया है। उसका दिल चाहा वह बढ़कर छाती में समा जाए। लिपट कर फूट-फूटकर रो पड़े।

परन्तु उसके पग वहीं थम गए। हाथ उठ ही नहीं सके। आंखें पथरा गईं। बेजान-सी होकर वह दरवाजे के सहारे ही लटक-सी गई। उसके शरीर में मानो जान ही नहीं थी-केवल एक दिल था मांस का छोटा-सा टुकड़ा, जो अब तक धड़क रहा था...बहुत तेजी के साथ। प्रकाश के प्यार का पलड़ा भारी पड़ गया। यह पलड़ा इसलिए भारी था, क्योंकि इसके अन्दर प्यार के साथ-साथ पप्पी का भविष्य भी था-उसका अपना कर्तव्य था-ध्येय था। वह प्रकाश की धर्मपत्नी है-किसी गैर की नहीं। गैर!

विजय अचानक ही बढ़ते-बढ़ते रुक गया। उसका विचार था कल्पना उसे देखते ही खिल उठेगी। लिपटकर फूट पड़ेगी-रो पड़ेगी। सारे समय उसकी छाती पर सिर रखकर अपने जीवन की गाथा दुहराएगी....उसे बताएगी की उसने कितनी कठिनाई से यह दिन काटे हैं। फिर उसे यह कभी नहीं छोड़ेगी। परन्तु....परन्तु यह सब क्या हो गया?

उसके शरीर पर बिजली गिर पड़ी। छाती पर ऐसा आघात हुआ कि दिल ही टूट गया। कल्पना की प्रतीक्षा में उसने अपने हाथ आगे बढ़ा दिये थे, परन्तु वह अब निराश होकर नीचे लटक गए। कल्पना के अस्तित्व पर उसे विश्वास ही नहीं हुआ। कल्पना! उसकी अपनी कल्पना। किस कदर बदल चुकी है। कमरे से निकलते प्रकाश में उसने देखा....मुखड़े पर सुन्दरता का लेख, होंठों पर सुर्खी, गाल गुलाबी, आंख गहरी काली, बालों को उसने नए फैशन के अनुसार बहुत सुन्दरता से तरतीब दिया था....और मांग में सुहाग का प्रतीक...सिन्दूर। उसके सुडौल शरीर पर सुर्ख साड़ी, साड़ी पर लंबी रेखाएं, गुलाबी कार्डिगन। गहनों से वह इस प्रकार लदी हुई थी मानो आज ही उसका विवाह हुआ है। ऊपर से नीचे तक वह पूर्णतया ताजमहल के समान सुन्दर लग रही थी, जिसकी जड़ों में सिवाए बेजान और खोखली हड्डियों के कुछ भी नहीं।

विजय के दिल को एक सख्त धक्का लगा-ऐसा धक्का कि वह दर्द सहन नहीं कर सका। उसकी आंखें छलक आई। आशाओं पर बनाया हुआ सारा महल धड़ाम से नीचे आ गिरा।

सहसा ठंडी हवा का एक सख्त झोंका आया, तो दोनों ही कांप गये। दोनों की ही चेतना एक साथ जागी, विजय ने कल्पना को देखा, ऊपर से नीचे तक। बिल्कुल खामोश, अपनी ही उत्पन्न की हुई मजबूरियों का एक घायल शिकार बनी वह सोच रही थी उसे क्या करना चाहिये....और क्या नहीं। क्या कहे और क्या न कहे।

विजय ने उसकी परिस्थिति समझी....उसकी कठिनाई का आभास किया तो उसके होंठों पर एक मुस्कान उभर आई-अत्यन्त कटु मुस्कान कि कल्पना तड़पकर रह गई। उसका दिल छलनी हो गया। आंखें डबडबा आई। विजय ने कुछ पूछा नहीं, कहा नहीं। उसके पास अब कुछ कहने को रह ही क्या गया था? कल्पना तो एक खुली पुस्तक के समान अपना परिचय दे चुकी।

वह जाने के लिए पलटा, परन्तु कल्पना की आवाज ने उसके बढ़ते हुए पगों में बेड़ियां डाल दीं।

'अन्दर नहीं आओगे' जाने किस मजबूरी के दबाव में आकर उसने कहा। उसकी आवाज भर्रा रही थी।

विजय ने पलटकर उसे देखा। कल्पना की पलकें भीगी हुई थीं। दो पग वह पीछे हटी, बहुत खामोशी से तो विजय अंदर प्रविष्ट हो गया। अंदर आकर उसने दरवाजा बंद कर दिया तो उमड़ता शोर बंद हो गया। उसने कल्पना पर दृष्टि डालनी चाही, परन्तु तभी पलकें ठिठक गईं। दीवार पर एक चित्र था।

कल्पना! उसके होंठों पर एक आह आई। इस चित्र की एक-एक रेखा को वह पहचानता है। उसके धड़कते दिल ने कांपते होंठों द्वारा बहुत कठिनाई से ही इस चित्र को संवारा था। इस तस्वीर को जाने कितनी बार वह चूम चुका है। उसके दिल में हजारों सुइयां चुभ गईं। कल्पना! कल्पना अपनी कल्पनाओं में उसे बसाकर अब भी इस तस्वीर की पूजा कर रही है। उसने कल्पना को देखा। कल्पना की आंखें सहमी-सहमी थीं। परिस्थिति के ताने-बाने में वह इस प्रकार उलझ चुकी थी कि विजय की आंखों में झांकना भी उसके लिए कठिन हो गया। वह स्वयं ही अपराधिन थी। अब? अब वह क्या करे? क्या करे वह? उसके अन्दर की नारी....उसका अस्तित्व-उसका धर्म-उसका कर्तव्य!! यह सब क्या है? वह स्वयं क्या है? उसे क्या अपनाना चाहिए और क्या नही? कौन-सा पथ वह पकड़े जिसके द्वारा उसे अपने प्यार की मंजिल मिल जाए? किस मंजिल को वह अपनाए जिससे पप्पी के नन्हे व कोमल हृदय को ठेस नहीं पहुंचे? किस पथ पर चले कि उसे फूल ही फूल मिलें? कांटों पर चलते-चलते तो उसके पगों में नासूर उत्पन्न हो गया है। उसे जीवन का एक सच्चा प्रकाश चाहिये था, ताकि वह अपनी निराश तमन्नाओं पर विजय पा सके। कल्पनाओं को एक रूप दे सके।

कल्पना का दिल अंदर-ही-अंदर रो पड़ा। मन हुआ कि वह उसके चरणों में गिर पड़े। विजय ने कल्पना का मन पड़ा। वह शायद उससे कुछ कहना चाहती थी, शायद क्षमा मांगना चाहती थी। वह कल्पना के समीप नहीं आया। कुछ ही आगे एक सोफा रखा था। बढ़कर उसी पर बैठ गया। बहुत थक चुका था। शायद सुस्ताना चाहता था। ठंड से उसका शरीर कांप रहा था। भीगे वस्त्र से पानी की मोटी-मोटी बूंदें फर्श पर गिरने लगीं।

उसने कमरे का वातावरण परखा। फूलों के इत्र से हर कोना महका हुआ था। कमरे का कोना-कोना अपनी सजावट की मिसाल बनकर कुछ देर पहले के वातावरण की गवाही दे रहा था। फूल-पत्ती, रंग-बिरंगे गुब्बारे, विदेशी शराब की खाली और अधभरी बोतलें, छोटे-बड़े जाम। शायद कोई बहुत बड़ी पार्टी थी आज।

विजय ने एक गहरी सांस ली।

'शायद आज यहां कोई बड़ा जश्न था।' कल्पना को देखे बिना ही उसने पूछा।

'पप्पी के जन्म-दिवस की पार्टी थी।' कल्पना ने सब्र से काम लेते हुए कहा।

'पप्पी! कौन पप्पी? मेरी अपनी बच्ची? कहां है वह?' विजय उठकर खड़ा हो गया। उसने एक ओर समीप के दूसरे कमरे में देखा, पलंग पर कोई बच्ची लेटी हुई है। शरीर पर लिहाफ था, इसलिए वह उसका मुखड़ा नहीं देख सका। केवल हाथ ही देख सका-नन्हा-सा हाथ, सफेद कलाई में सोने की चूड़ियां थीं, शायद इसलिए चमक रही थी। विजय का दिल जोर-जोर से धड़कने लगा।

उसकी बच्ची....पप्पी।

पप्पी का हाथ अनजाने तौर पर ही बाहर निकल आया था।

विजय ने चाहा कि आगे बढ़कर वहां पहुंच जाए। उसे छाती से लगा ले, ताकि दिल के अंदर वह सुलगती आग कुछ तो कम हो सके जिसे बुझाने के लिए वह बहुत बेचैनी के साथ भटकता-भटकता यहां तक आया था। परन्तु तभी उसकी छाती पर किसी ने एक और आघात किया....फिर भरपूर घात।

'तुम्हारी कोई बच्ची नहीं...।' कल्पना ने मामले की गंभीरता समझकर दूरदर्शिता से काम लिया, 'तुम्हारी संतान पैदा होते ही मर गई। यह तो पप्पी है-मेरे पति की संतान।'

'ओह!' विजय वहीं सोफे पर धंस गया।

कल्पना के दिल को सख्त चोट लगी। उसकी आंखें छलक गईं। दिल तड़प उठा कि विजय की छाती से लिपट जाए। अपनी भूल की क्षमा मांगते हुए उसके चरणों में सिर पटक-पटक कर अपना प्राण त्याग दे। परन्तु अब क्या हो सकता है? अब क्या होगा? उसने जो कुछ लिया, जो भी कहा है, वह ठीक है। इसी में उसका भला है। पप्पी का दिल प्रकाश को बहुत पहले की स्वीकार कर चुका है। उसके बिना वह एक पल भी नहीं रह सकती। विजय के लिए वह पप्पी को बता भी क्या सकती है? यही कि उसका असली पिता प्रकाश नहीं है जिसे वह डैडी कहती है, बल्कि विजय है, जो कातिल है इस संसार में वही कातिल है जिसे सजा मिल जाए। वह देवता है, जो हजारों खून करने के पश्चात् भी कानून से बरी है। और इसीलिए विजय खूनी है।

जब कुछ बड़ी होकर उसे पता चलेगा कि उसका पिता सजायाफ्ता है तो वह विजय से ही नहीं, अपनी मां से ही नहीं, वरन अपने आप से भी घृणा करने लगेगी। गया समय कभी लौटकर नहीं आता। वह तो अब सुहागन है-प्रकाश की पत्नी है। पप्पी इन्हीं दोनों के जिगर का टुकड़ा है, किसी पराए पुरुष का नहीं। वह एक भारतीय नारी है, जिसे पति के जीवित रहते हुए भी एक पराए के विचारों में तल्लीन पाकर क्षमा नहीं किया जा सकता। कल्पना के मन में बहुत सारी बातें उभरीं परन्तु उसे संतोष चाहिये था और इसीलिए उसने संतोष ढूंढ लिया, चाहे इसकी नींव में झूठी बातें क्यों न भरी पड़ी थीं।

संतोष झूठा हो या सच्चा, मनुष्य को जीने का एक सहारा तो अवश्य ही देता है। विजय को वह क्या-क्या समझाती? कैसे उसे विश्वास दिलानी कि परिस्थितियों ने उस पर क्या-क्या जुल्म नहीं किया। स्वयं उसका दिल उसे धिक्कारने लगता था, जब कभी भी उसने प्रकाश का दिल दुखाया था। इस संसार ने उसे कितना सताया है? यदि प्रकाश उसे

अपने प्यार का सहारा ने देता तो आज वह जाने कहां से कहां भटक जाती। उसने तो सोचा था कि विजय बीस वर्ष से पहले कभी लौटेगा ही नहीं। तब तक तो संसार ही बदल जाता। एक बार तो स्वयं विजय ने ही उसे ऐसा समझाया था। बीस वर्ष बाद पप्पी बड़ी होकर ससुराल चली जाएगी, शायद वह स्वयं इतने दिन तक जीवित न रह सके।

परन्तु....।

‘सरकार ने दया करके गांधी जयन्ती पर मुझे मुक्त कर दिया है।’ विजय ने देखा कि कल्पना खामोश है, शायद कुछ पूछना चाहती है, परन्तु साहस नहीं होता, तो उसने स्वयं ही कहा, बहुत थकी-थकी-सी आवा में, ‘तभी से तुम्हें ढूंढ रहा हूं। पहले मंसूरी गया। तुमने बताया था ना कि तुम प्रकाश की मां के साथ रहती हो? फिर पता चलाते-चलाते यहां पहुंचा हूं। यदि तुम्हारे प्यार पर, तुम्हारी प्रतीक्षा पर, अपनी संतान से मिलने की आशा पर जरा भी संदेह होता तो विश्वास करो कल्पना, मैं इस शुभ अवसर पर यहां कभी नहीं आता।’

कल्पना के दिल पर आरे चल गए। वह विजय के समीप आई। उसकी आंखों में झांका, बहुत ही निराश दृष्टि से असहाय होकर। उसका मन हुआ कि वह अपनी छाती चीरकर विजय के कदमों में अपना दिल रख दे। कम-से-कम उसे अपनी कल्पना की मजबूरी का विश्वास तो हो जाएगा। उसकी होंठों पर सिसकी आ गई। आंखें छलक पड़ी। होंठ कांपने लगे।

विजय ने एक आह भरी और उसे तिरस्कारते हुए अपना मुंह फेर कर उठ खड़ा हुआ। उसने चाहा कि पग बढ़ाये। वहां से चला जाए, उस पक्षी के समान वह भी आज एक गलत जगह पर चला आया था, जो एक बिल्ली का शिकार होकर उसकी और कल्पना की दृष्टि के सामने सुरंग में आ पहुंचा था। तभी कल्पना उसके सामने आ खड़ी हुई

‘विजय...।’ उसका हाथ पकड़ते-पकड़ते वह रह गई। तड़प कर वह इस प्रकार बोली मानो रो पड़ेगी, ‘कहां जा रहे हो?’

विजय के होंठों पर एक दर्द भरी मुस्कान तड़प उठी-व्यंग्यात्मक मुस्कान, जैसे कह रहा हो उसके लिए अब यहां बचा ही क्या है। उसने ठहरना पसन्द नहीं किया।

कल्पना कांप गई। कुछ पीछे हटकर बोली, 'बाहर किस कदर वर्षा हो रही है। ठंड भी बहुत है। आंधी में रास्ता भटक जाओगे।'

विजय के होंठों पर एक मुस्कान उभरी-अत्यन्त कटु मुस्कान।

'यदि भटकने के पश्चात् तुम्हें जीवन का प्रकाश मिल सकता है तो क्या मुझे मौत का अंधकार भी नहीं मिल सकता? अब मेरे जीवन में बचा ही क्या है? विजय ने कहा और अपने पग आगे बढ़ा दिये।

'विजय...।' कल्पना उसकी ओर बढ़ी, 'मत जाओ विजय, मत जाओ, तुम पहले ही इतना भीग चुके हो। ठंड लग जाएगी। बीमार पड़ जाओगे। प्लीज मत जाओ। सुबह चले जाना।'

विजय ने कल्पना को देखा, शब्दों पर गौर किया। सुबह! सुबह चले जाना! किसने सुबह देखी है? उसके होंठों पर एक बार फिर मुस्कान उभरी...इस दर्द भरी मुस्कान में कितनी अधिक निराशा थी-किस कदर अधिक-मानो नारी जाति से उसका विश्वास सदा के लिए उठ गया था।

कल्पना की छाती पर बरछियां आ लगीं। विजय का दर्द उससे असहनीय होता जा रहा था। उसकी समझ में नहीं आ रहा था कि वह क्या करे?

विजय दरवाजे पर पहुंच चुका था। उसने चाहा कि पलड़े खोलकर बाहर निकल आये कि कल्पना लपककर उसके सामने आ खड़ी हुई। उसका रास्ता रोक लिया।

'विजय।' कांपती सी भराई आवाज में वह बोली, 'इस प्रकार मत जाओ विजय, इस प्रकार मत जाओ। देखो तुम इस आंधी और तूफान का सामना करते-करते पहले ही थक

चुके हो। थोड़ा आराम कर लो। कुछ खा-पी लो। कल्पना सिसक पड़ी। आंखों में आंसू उमड़ आये।

विजय ने कल्पना की आंखों में झांका। उसके आंसुओं की पुकार सुनी। उसका मन तड़प उठा। जी चाहा कल्पना को अपनी छाती से लगा ले। इधर-ही-इधर चुपके से निकलकर इतनी दूर उसे ले भागे कि किसी को संदेह भी न हो सके।

कल्पना ने शायद विजय के दिल की धड़कन सुन ली थी। विजय के रक्त की एक-एक बूंद से वह भली-भांति परिचित है। उसकी सांसों की तो पुकार भी वह सुन सकती है। एक पल के लिए उसका दिल भी डगमगा गया। परन्तु फिर उसकी मजबूरियों ने उसके पगों में बेड़िया पहना दीं। परन्तु? प्रकाश ...पप्पी? इनका क्या होगा? क्या होगा इनका? वह छटपटा कर रह गई।

'विजय....।' अपने आपको संभालकर वह फिर बोली, 'इस प्रकार आज के दिन यूं भूखे मत जाओ। कुछ खाओ। आज पप्पी का जन्म-दिवस है।'

'पप्पी तुम्हारी बच्ची है कल्पना।' विजय ने न चाहते हुए कहा, 'तुम्हारे पति की संतान है वह। उसका मुझसे क्या सम्बन्ध?'

कल्पना फूट-फूटकर रो पड़ी। उसकी आंखों से निकले आंसू गालों पर बहकर बाहर की बरसती बूंदों से भी मोटे दिखाई पड़ रहे थे। अपने दिल पर उसे काबू करना कठिन हां गया। विजय का दर्द वह सहन नहीं कर सकी। जिस भेद को छिपाने का प्रयत्न कर रही थी वह उसकी छाती के अन्दर कांटों के समान चुभने लगा। हिचकियों के मध्य तड़पकर उसने इस भेद को खोलकर ही देना चाहा, 'विजय, ओह विजय, पप्पी....।'

कल्पना शायद वास्तविकता उगल देती। विजय को बता देती कि पप्पी किसी और की नहीं उसी की बेटी है, उसी के जिगर का टुकड़ा है, परन्तु तभी प्रकाश और राकेश को अपनी ओर आते देखकर उसके शब्द गले में ही फंसकर रह गए। वह कांप गई।

विजय ने पलटकर देखा। प्रकाश शायद यही प्रकाश है। किस कदर खुशहाल है। मुखड़े पर कोई दुःख, कोई गम नाम मात्र को भी नहीं छू रहा है। उसने राकेश को देखा, परन्तु तभी चौंक गया। जेलर साहब। यहां! इस समय! जाने के लिए तुरन्त ही पलटा। दरवाजा खोला ही था कि उसे रुकना पड़ा।

'ठहरो।' प्रकाश चीखकर उसकी ओर लपकता हुआ बोला।

कल्पना ने मुंह फेर लिया। उसने अपनी आंखें पोंछी, गाल पोंछे और चुपचाप सहमी-सहमी सी एक किनारे खड़ी हो गई। राकेश ने कल्पना को देखा। उसकी स्थिति पर गौर किया, परन्तु कुछ समझ नहीं सका। कल्पना से उसने कुछ पूछना ही चाहा था कि विजय पर दृष्टि पड़ते ही उसके कदमों तले धरती सरक गई। विजय! यहां!! उससे भी उसने कुछ पूछना ही चाहा परन्तु फिर अचानक ही रुक गया। उसने दुबारा कल्पना को देखा। इस बार बहुत बारीकी से। उसकी उलझन को उसने परखना चाहा, परन्तु कोई फल नहीं निकल सका।

प्रकाश ने लपककर विजय की गर्दन पकड़ ली। उसे अपनी और खींचकर सख्ती से बोला, 'कौन हो तुम? यहां तुम्हें किसने आने दिया?

कल्पना के शरीर से मानो किसी ने रक्त की एक-एक बूंद निचोड़ ली। उसने दिल की गहराई से इच्छा की कि यह धरती फट जाए, यह कोठी उसके सिर पर आ गिरे। उसका दम निकल जाए। वह मर जाए। उसकी आंखों के सामने ही विजय की इतनी दुर्गति।

राकेश ने कल्पना को देखा। वह अब और तब गिरकर बेहोश ही होने वाली थी। वह अपने आपको रोक नहीं सका और कल्पना के समीप आ खड़ा हुआ।

प्रकाश विजय को अपनी ओर खींचकर उसका गला दबाता हुआ बोला, 'जवाब क्यों नहीं देते? क्यों आए हो यहां बताओ वर्ना गोली मार दूंगा।'

राकेश लपक कर बीच में आया। प्रकाश की कलाई पकड़ कर उसने उसे अलग किया। उसे समझाकर बात को सुलझाने के ढंग से वह बोला, 'प्रकाश, ऐसा भी क्या जो एक यात्री पर इतना क्रोध कर रहे हो? तुम तो बहुत दयालु और नर्म दिल के इन्सान हो।'

'नर्म दिल मैं इन्सान के लिए हूं, किसी चोर या डाकू के लिए नहीं।' प्रकाश उसी क्रोध से बोला, 'तुम नहीं जानते इस जंगल में मुझे कैसे-कैसे लोगों से वास्ता पड़ता रहता है। क्या यह डाकू नहीं लगता?'

'नहीं प्रकाश यह बात नहीं। तुम गलत समझ रहे हों।' राकेश ने कल्पना को देखा। प्रकाश से वह बोला, 'यह विजय है। इसे मैं अच्छी तरह जानता हूं।'

'विजय? कौन विजय?' प्रकाश ने आश्चर्य से पूछा।

'यह मेरा कैदी था।' राकेश बोला, 'गांधी जयन्ती पर मैंने ही इसे रिहा किया था।'

'कैदी! किस अपराध में....?'

'इसका कोई अपराध नहीं था।' राकेश बोला 'यदि इसका कोई अपराध था तो यह कि इसने किसी को प्यार करते समय कभी अपना कोई स्वार्थ नहीं देखा।' राकेश ने तीखी दृष्टि से कल्पना को देखा।

कल्पना के पैरों तले धरती खिसक गई।

'तुम्हारी बातें तो पहेलियों जैसी है।' प्रकाश ने मुस्कराने का प्रयत्न किया।

'मैं ठीक कह रहा हूं प्रकाश।' राकेश ने गंभीर होकर कहा।

'लेकिन इसके यहां आने का क्या कारण है?'

'कहीं जा रहा होगा कि वर्षा और आंधी-तूफान के कारण यहां शरण लेने चला आया।' राकेश ने विजय को देखा।

विजय ने बहुत देर से अपनी अटकी सांस ढीली छोड़ी। कल्पना को उसने देखा तो उस पर उसे दया आई। कल्पना उसका भविष्य, उसका जीवन, उसके बच्चों का जीवन। उसका सुख-चैन छीनकर वह उस पर अन्याय नहीं करेगा। उसका भविष्य बिगाड़कर वह अपने ही प्यार का अपमान करेगा। उसे तो कल्पना से निःस्वार्थ प्यार है। कल्पना से प्यार! कल्पना, जिसे केवल प्यार ही किया जा सकता है, अपनाया नहीं जा सकता, क्योंकि वह हकीकत नहीं बन सकती-कभी नहीं।

कल्पना पत्थर का बुत बनी अपनी ही उलझन में गिरफ्तार सहमी हुई उसी को देख रही थी-उसके विश्वास का फल।

बहुत कृतज्ञ होकर विजय ने राकेश को देखा। राकेश की आंखें भीगी थी, परन्तु फिर भी वह मुस्कराने का प्रयत्न कर रहा था। उसने प्रकाश को भी देखा। वह अपने व्यवहार पर लज्जित था। उसने कल्पना पर भी दृष्टि डाली। कल्पना उसी को देख रही थी। कल्पना के होंठ कांपे, परन्तु विवाह के सात फेरों ने उसका गला घोंट दिया। उसकी आंसू भरी पलकें केवल कांपती ही रही।

वह बाहर जाने को पलटा।

'कहां जा रहे हो विजय?' राकेश ने आगे बढ़कर पूछा।

विजय के पग फिर रुक गए। उसने राकेश को देखा। ऐसे प्रश्न पर उसे सख्त आश्चर्य भी हुआ और दुःख भी। यहां रोककर वह उसकी कोई परीक्षा तो नहीं लेना चाहता है?

'आज पप्पी का जन्म-दिवस है।' राकेश उसके समीप आकर बोला। उसका स्वर बाहर होती वर्षा से अधिक भीगा हुआ था, फिर भी उसने मुस्कराने का प्रयत्न किया। विजय के प्रति उसके मन में इतनी सहानुभूति भर चुकी थी कि वह उसके लिए कुछ भी कर सकता था और यह कारण था कि उसे रोककर वह उस भेद को अब जल्दी ही प्रकट कर देना चाहता था जो प्रकाश के मन में अंधकार के समान छाया हुआ था, 'तुम इस

प्रकार नहीं जा सकते। कुछ खा लो, पी लो, फिर रात भर आराम करने के बाद चले जाना, इतने भयानक तूफान में.....।'

'नहीं-नहीं जेलर साहब, मुझे जाने ही दीजिए....।' विजय ने तड़पकर कहा। मैं यहां नहीं रुक सकता। मैं गलती से ही यहां चला आया हूं। मुझे...।'

'चुप रहो।' राकेश ने उसे एक प्यार भरी डांट दी, 'तुम यहां से नहीं जा सकते, आज पप्पी का जन्म दिवस है और तुम आशीर्वाद दिए बिना ही चले जाना चाहते हो? घबराओ नहीं, हम तुमसे उसके लिए कोई उपहार थोड़े ही मांगेंगे।'

राकेश ने इरादा कर लिया था कि वह विजय को अब अधिक निराश नहीं होने देगा। जुल्म की भी एक सीमा होती है। प्रकाश के समक्ष वह सारी बातें कह सुनाएगा। फिर किसके अधिकार में क्या आता है वह सब भगवान के हाथ में है। कल्पना निश्चित रूप से विजय से ही प्यार करती है। प्रकाश के स्पर्श से शायद वह अभी तक मुक्त है। उसने पप्पी के कमरे में जब सुहाग का पलंग फूलों से सजा देखा था तभी उसे ज्ञात हो गया था कि केवल आज ही के बाद कल्पना प्रकाश के बंधनों से भी मुक्त नहीं हो सकेगी। कल्पना के प्यार की आज अन्तिम रात-वह अन्तिम पल है, जिस पर वह सफलता पा सकती है, चाहे तो विजय को अपना सकती है।

प्रकाश वास्तविकता जानकर शायद जीवित न रह सके-वह पागल हो जाएगा-कल्पना को वह दीवानों के समान चाहता है-फिर भी यह भेद तो उसके आगे प्रकट करना ही पड़ेगा चाहे इसके पीछे कितने ही जीवन क्यों न नष्ट हो जाएं। कल्पना विजय के बच्चे की मां है-कल्पना विजय की हकीकत है-इसे प्रकाश नहीं चाहिये, उसे विजय चाहिये-केवल विजय। प्रकाश को यह चोट सहनी ही पड़ेगी।

सहसा बहुत तेज बादल गरजा-बिजली कड़की-कड़क में इतनी गूंज थी कि पप्पी की आंखें खुल गई। वह चौंककर रो पड़ी। शायद किसी भयानक सपने के कारण वह डर गई थी।

कल्पना उसी प्रकार खड़ी रही। विजय के सामने से हटने का उसका साहस तक नहीं हुआ। परन्तु प्रकाश अन्दर को लपका।

'ठहरो प्रकाश।' राकेश बोला, 'मैं पप्पी को ले आता हूं। तब तक तुम विजय को यदि हो सके तो कुछ गर्म कपड़े दे दो।'

प्रकाश रुक गया। उसके उत्तर देने से पहले ही राकेश पप्पी के पास दौड़ गया। उसके विचार था कि प्रकाश के कपड़ा देने के बहाने विजय और कल्पना को कुछ और समय मिल सकेगा जिससे वे अपने जीवन का निर्णय करने में कुछ सहायता पा सकेंगे। फिर उसे प्रकाश के आगे भी इस भेद को खोलने में अधिक कठिनाई नहीं होगी। अब तो जो कुछ है, वह होकर ही रहेगा।

राकेश कमरे में पहुंचा। पप्पी को उसने छाती से लगा लिया। पप्पी उसके गले में हाथ डालकर सिसकने लगी। उसने उसके आंसू पोंछे। गालों को थपथपाया। उसके बालों पर हाथ फेरा। उसके मुखड़े का रूप परखा। फिर एक गहरी सांस लेकर उसने सामने के पलंग पर दृष्टि डाली।

प्रकाश ने कितने अरमानों से यह फूलों की सेज संवार रखी थी। प्रकाश के प्रति उसका मन सहानुभूति से भर गया। सोचने पर मजबूर हो गया कि अब वह स्वयं किसी के पक्ष में कोई निर्णय करने में असमर्थ है तो भला कल्पना क्या निर्णय कर सकती है? यह तो उसकी अपनी बीती है, उसका अपना दर्द है। मगर खैर, अब जो पग उठ चुका है उसे पीछे नहीं किया जाना चाहिये। वह प्रकाश को किसी-न-किसी बहाने इस बात को अवश्य बता देगा कि कल्पना अपने आपको धोखा देने के बाद ही उसकी खुशी में अपनी शांति ढूंढ रही है। कल्पना की वास्तविकता शांति, वास्तविक खुशी तो विजय का प्यार है-विजय का सुख है-केवल विजय का।

पप्पी को छाती से लगाए वह बाहर निकला। बड़े कमरे में दाखिल होकर उसने ज्यूं ही आंखें उठाई तो ठिठक गया। प्रकाश और कल्पना खड़े थे-खामोश, परन्तु विजय वहां नहीं था। तेज पगों से चलकर वह उनके सामने आया। कमरे में चारों ओर उसने बहुत आश्चर्य से दृष्टि दौड़ाई।

'विजय कहां गया?' एक बार कल्पना को देखकर उसने प्रकाश से पूछा।

'चला गया।' प्रकाश ने गंभीर होकर कहा।

'चला गया। कहां?' पप्पी को नीचे खड़ा करते हुए पूछा उसने।

'मालूम नहीं कहां?'

'परन्तु....।' राकेश के दिल पर चोट लगी, इस आंधी-तूफान में आने से उसे रोका नहीं तुमने?'

'मैंने तो बहुत मना किया, परन्तु वह माना ही नहीं।'

'उफ़! यह बहुत बुरा हुआ।' राकेश ने अपना माथा पकड़ लिया। उसके दिल को सख्त धक्का लगा।

'जाते समय उसने पप्पी के लिए यह उपहार दिया है।' प्रकाश ने राकेश के आगे अपनी हथेली बढ़ा दी।

अंगूठी! हीरे की बहुमूल्य अंगूठी, जिसके अन्दर विजय की आत्मा बसी है। उसका मन तड़पकर रह गया। आंखों में आंसू छलक आए। उसने कल्पना को देखा। पत्थर का बुत बनी वह जाने किन विचारों में लीन थी। आंसू गालों पर मोतियों के समान जम गये थे। ऐसा प्रतीत होता था मानो उसके अन्दर अब जान ही नहीं बची है।

नारी यदि एक बार किसी परिस्थिति का शिकार हो जाये, तो होती ही जाती है। अपना साहस छोड़कर वह अपने आपको परिस्थितियों के आगे सुपुर्द करके समझती है कि

भगवान की इच्छा इसमें है। वह कभी हालात का सामना नहीं करता चाहती। कल्पना की भी यही अवस्था थी।

एक बार उसने अपने आपको प्रकाश के हवाले कर दिया था...उसकी शरण में आकर वह उससे विवाह करने पर बाध्य हो गई थी। यह विवाह दिल को धोखा देते-देते दिल की शांति बन गया था और इसीलिए वह अब प्रकाश की हो चुकी थी-उसने उसे पति के रूप में स्वीकार कर लिया था...और अब आज उसकी सुहागरात थी। वह किस प्रकार प्रकाश को धोखा दे सकती थी जिसने कभी भी उसके दिल को चोट नहीं पहुंचाई है-उसकी प्रसन्नता के लिए वह अपना सब कुछ गंवा देना चाहता है। उसे पाने के लिए प्रकाश ने क्या नहीं किया? जब कि विजय ने सदा में उसे खोने के लिए ही प्यार किया था। और फिर नन्ही-मुन्नी पप्पी? उसका भविष्य? कल्पना ने अपने दिल को शांति देने के लिए कितनी झूठी सच्ची बातें सोच डाली थीं।

'यह अंगूठी पप्पी को तो बहुत बड़ी होगी।' कुछ पल बाद राकेश ने बिगड़े वातावरण को संवारकर कहा, इसलिए कि विजय जा चुका था और अब वह कभी नहीं आएगा। अच्छा होगा यदि कल्पना का यह भेद अब भेद ही रहे। यदि किसी सत्यता को छिपाने से किसी की प्रसन्नता स्थिर रह सकती है तो इससे मुंह नहीं मोड़ना चाहिये, 'इसे अभी तुम ही पहन लो। आइए भाभीजी, अपने हाथों से आप ही इसे प्रकाश की अंगुली में पहना दीजिए।

प्रकाश के गंभीर मुखड़े पर मुस्कान दौड़ गई। उसने कल्पना को देखा।

कल्पना आगे बढ़ी। अंगूठी लेकर उसने इसे देखा तो आंखों से आंसुओं की एक मोटी बूंद निकलकर अंगूठी पर टपकी। स्वाती की पहली बूंद मानो सीप की होंठ पर आ गिरी हो। उसने राकेश को देखा....फिर प्रकाश को। इससे पहले कि होंठों पर सिसकी उभरें, उसने वह प्रकाश की अंगुली में पहना दी।